Prologue

— Oh ! non, Alicia… Tu as encore raconté des histoires ?

Consternée, Béatrice lançait à son amie un regard de reproche.

— Mais, euh… Non, je ne crois pas, marmonna l'accusée d'un ton embarrassé.

Les deux adolescentes pressaient le pas tout en évitant les gros cailloux sur le sentier escarpé de la crête de Trebordi, une île minuscule au sud de la Sicile. Jamais elles n'arriveraient au couvent à temps ! Or, elles étaient convoquées au bureau de la mère supérieure, sans en connaître la raison.

— Bon, d'accord, j'ai peut-être un peu enjolivé ici et là, mais rien de méchant…

Mieux valait prévenir que guérir, songea Alicia en enchaînant :

— Je suis désolée. J'espère que je ne nous aurai pas causé d'ennuis.

D'habitude, quand elle sortait profiter de ses heures de récréation dans la nature sous un prétexte plus ou moins convaincant, cela ne faisait pas tant de ramdam.

Béatrice leva les yeux au ciel.

— Tu sais, parfois, c'est dur d'être ta jumelle, maugréa-t-elle.

Même si elle avait mérité cette réprimande, Alicia sentit son cœur se serrer. À proprement parler, Béatrice et elle n'étaient ni jumelles ni même sœurs, et pourtant…

L'une et l'autre avaient été déposées à la « porte aux bébés » du couvent à quelques semaines d'intervalle. Durant leur petite enfance, elles avaient toujours été surnommées « les jumelles ». Les religieuses ne les désignaient plus ainsi depuis longtemps. Toutefois, entre elles, ce lien demeurait sacré.

Édifié huit siècles plus tôt, le couvent obéissait à une règle rigide et austère, conforme aux vieilles pratiques siciliennes. Certes, la « porte aux bébés », vestige d'une coutume archaïque, était aujourd'hui moins usitée qu'autrefois, mais il n'était pas question de la condamner. Lorsque des petites filles y étaient abandonnées, elles grandissaient au sein du couvent où elles étaient logées, nourries et scolarisées jusqu'à leur majorité. Les nourrissons de sexe masculin pouvaient rester jusqu'à leur premier anniversaire – même s'il n'était encore jamais arrivé qu'ils ne soient pas adoptés avant.

— On a de la chance d'être des filles ! répétait souvent Béatrice. Notre école est remarquable et très réputée. Surtout si on la compare à celle de la ville.

— Eh bien moi, j'aurais aimé être un garçon, répliquait Alicia qui détestait les cours et aurait voulu connaître la chaleur d'un vrai foyer.

Immanquablement, elle tempérait ce propos d'un :

— Mais si j'avais été un garçon, je n'aurais pas la chance de t'avoir pour sœur jumelle.

Lorsque les touristes venaient visiter la chapelle et le prieuré, ou acheter savonnettes et sachets de lavande à la boutique, Alicia ne manquait pas de présenter Béatrice sous ce titre.

La plupart des gens fronçaient les sourcils en les dévisageant tour à tour. Elles ne se ressemblaient ni d'apparence ni de caractère.

— Jumelles, vous deux ? *Vraiment* ?

— Mais oui, insistait Alicia avec aplomb. Nos parents ont perdu la vie lors d'un terrible incendie. Par la fenêtre, maman a réussi à nous remettre aux pompiers et ç'a été son dernier geste.

— Alicia Domenica ! tonnait alors Sœur Angélique.

Cette religieuse prenait rarement la parole. Quand cela arrivait, il était certain qu'elle ferait un rapport à la mère supérieure.

Face à l'abbesse du couvent qui ne comprenait pas cette manie, chez Alicia, de raconter sans cesse des fariboles, la jeune fille n'avait que cette explication à fournir :

— C'est quand même moins affreux que d'avouer que nous avons été abandonnées.

Au moins, dans son scénario, des parents les avaient aimées.

Alicia était arrivée au couvent un 1er septembre. Avec ses cheveux bouclés d'un noir de jais, sa peau diaphane et ses grands yeux chocolat, elle avait tous les traits d'une Sicilienne. Les nonnes avaient évalué son âge à une semaine. La peau lisse, avec de bonnes joues replètes, elle semblait avoir été convenablement soignée durant ses premiers jours. Peut-être même choyée. Elle était propre, comme si elle venait de prendre un bain, et une paire de boucles d'oreilles créoles en or était accrochée à sa gigoteuse. Dans la mesure où elle avait avalé son premier biberon avec une voracité de vampire, agrippant la main d'une sœur de ses tout petits doigts, les religieuses avaient d'abord cru qu'elle était mal nourrie. Elles s'étaient vite aperçues que ce bébé avait la passion et la frénésie dans le sang. Il lui fallait toujours plus de lait, toujours plus d'attention, toujours plus d'amour.

Elle était prénommée Alicia en l'honneur de la nonne qui l'avait trouvée et, puisqu'elle était arrivée un dimanche, on lui avait attribué le patronyme Domenica.

Trois semaines plus tard, au beau milieu de la nuit, le carillon de la « porte aux bébés » retentissait encore. Cette fois, les sœurs y trouvèrent un nourrisson chétif qui ne pleurait pas. Le cordon ombilical avait été grossièrement coupé – l'enfant avait quelques heures à peine.

Aussi blonde et silencieuse qu'Alicia était brune et tapageuse, la petite inquiéta les nonnes par sa discrétion, et alors que les températures restaient élevées pour la saison, elles allumèrent le poêle de la chambre d'enfants et couchèrent la nouvelle venue dans le berceau d'Alicia, afin qu'elles se tiennent chaud l'une l'autre.

Sans doute une erreur, réalisèrent-elles le lendemain. Car de ce moment, Alicia se mit à pleurer à chaudes larmes dès qu'elles étaient séparées – les dés étaient jetés.

On baptisa le nourrisson Béatrice Festa. Comme toujours, son prénom était celui de sa marraine, la sœur qui l'avait trouvée. Quant à son patronyme, il faisait référence au festival donné chaque année à cette période, dans la ville la plus proche, même s'il n'était guère approprié à une enfant aussi sérieuse et peu souriante.

Alicia se prit immédiatement d'affection pour cette petite chose fragile, et elles partagèrent *de facto* le hasard qui leur valait un destin d'orphelines.

— Tu es encore allée nager avec Dante Schinina dans la rivière ? s'enquit Béatrice, comme elles pressaient l'allure le long de la côte.

— Non ! promit Alicia.

C'était la vérité. Dante, qu'elle surnommait Ragno, parce qu'il avait les orteils écartés comme les pattes d'une araignée, n'avait pas voulu l'accompagner aujourd'hui.

— De toute façon, l'eau est trop basse en ce moment, expliqua-t-elle.

— Eh bien tant mieux, parce qu'on aurait vraiment eu des ennuis.

— Pourquoi ? Il est défendu de nager ?

— Tu vois très bien ce que je veux dire. Les nonnes savent que si la rivière est sèche, vous partez tous les deux en exploration dans le cimetière.

— Bon d'accord, admit Alicia. Et alors ? On ne fait rien de mal. On lit les noms sur les tombes, c'est tout.

— C'est morbide.

— Non.

— Si, insista Béatrice. Et tu es encore en train de mentir : tu ne sais pas lire.

Un sourire malicieux aux lèvres, Alicia haussa les épaules.

— Ragno ne s'en doute même pas, révéla-t-elle.

Elle dissimulait si bien son handicap que même Béatrice l'ignorait, jusque très récemment.

— Alicia, ce garçon ne peut t'apporter que des problèmes.

— Ce n'est pas vrai.

— On vous a vus vous tenir par la main.

— Mais j'aime bien lui donner la main, protesta Alicia.

— Les nonnes pensent que, enfin, que…

N'osant apparemment finir sa phrase, Béatrice détourna les yeux.

— Elles pensent quoi ? opposa son amie en riant.

Qu'ils s'embrassaient sur la bouche ? À sa connaissance, il n'existait rien de plus grave, or, ce genre de contact ne l'intéressait pas : beurk !

— C'est idiot, poursuivit-elle. Ragno et moi, nous sommes juste des amis. Je ne comprends pas pourquoi les gens sont si méchants envers lui.

— Je n'ai rien dit de méchant, se défendit Béatrice.

— Si. Je l'entends dans ta voix, tu lui en veux et tu ne l'aimes pas. On dirait que tous les habitants de cette île le détestent.

— C'est un sauvage, rappela sa sœur. Et même un vagabond : quand il ne dort pas dans la cabane du jardin de sa mère, il part s'installer dans une grange ou une bergerie à l'abandon. Il n'est pas civilisé. En plus, il est voleur.

— Oh ! voyons, il n'a jamais volé que des œufs ! Il faut bien qu'il se nourrisse un peu. Tu as vu comme il est maigre ?

Béatrice observa un bref silence, comme si elle prenait en compte les arguments de la défense, puis elle lâcha sa sentence :

— Sa mère est une disgrâce publique.

— Peut-être, concéda Alicia d'un ton pensif. C'est ce

que tout le monde répète. Quand même, elle a été gentille avec nous.

Impossible de cerner la mère de Ragno, qui fournissait tout juste à son fils un cabanon en guise de chambre et de quoi ne pas mourir de faim. En revanche, quelques semaines auparavant, elle avait donné à Alicia un paquet contenant des serviettes et des tampons hygiéniques – trésor inestimable pour deux adolescentes contraintes, au XXIe siècle, de laver les linges menstruels médiévaux distribués au couvent ! Le petit carton contenait aussi un magazine féminin, et Alicia avait admiré, les yeux écarquillés, les robes somptueuses que portaient des mannequins, caressant les pages de papier glacé comme pour sentir les étoffes. Hélas, ce cadeau n'avait pas amélioré l'opinion de Béatrice.

— Elle n'est pas mariée, rappela-t-elle d'un ton inflexible, au moment précis où elles franchissaient le grand portail du prieuré.

Sagement, elles gravirent l'escalier de la tour de pierre et allèrent s'asseoir dans la petite salle d'attente jouxtant le bureau de la mère supérieure.

— Et alors ? Je te signale que nous sommes sûrement des bâtardes, nous aussi. Et pourtant, les nonnes nous ont pris sous leur protection.

— Je t'en prie, ne prononce pas ce mot atroce, plaida Béatrice. Et il n'y a pas seulement le fait qu'elle ne soit pas mariée. Tu sais comment les gens l'appellent ?

Alicia poussa un long soupir.

— Oui : l'apicultrice.

— Or, tu sais qu'il n'y a ni ruches ni abeilles chez elle, reprit Béatrice d'un ton sévère.

— Oui. Mais alors… Pourquoi ?

— Parce qu'elle offre son miel, chuchota son amie.

— Je ne comprends pas, répondit Alicia en toute franchise.

Béatrice lui décocha un coup d'œil espiègle.

— Pour une fille qui devra bientôt porter un soutien-gorge, tu ne sais pas grand-chose…

Alicia retint un soupir. C'était affreux. À treize ans, Béatrice était encore fine et plate comme une tagliatelle alors que son corps à elle se métamorphosait. Elle détestait les protubérances qui lui poussaient sur la poitrine, et elle aurait voulu rester une enfant la vie entière pour nager tous les jours du mois, sans jamais se soucier de ses sous-vêtements.

— Ça veut dire que des hommes lui rendent visite, reprit Béatrice.

— Ragno me l'a déjà dit, répliqua-t-elle en haussant les épaules. La belle affaire : ils jouent aux cartes.

Néanmoins, elle se rappelait qu'en lui livrant cette précision, son ami avait employé un ton… acide.

— Qu'est-ce ça signifie, « offrir son miel » ? interrogea-t-elle en dévisageant Béatrice avec candeur.

Son amie fit la moue et avoua :

— Ma foi, je n'en sais rien.

— Oh ! ça alors ! railla Alicia. Madame l'Encyclopédie Ambulante ignore quelque chose ?

— Chut, coupa sa jumelle.

Sœur Angélique venait d'apparaître au fond du couloir. Les deux filles se tinrent bien droites, et elles n'en menaient pas large quand la religieuse pointa l'index vers Alicia, lui intimant d'entrer dans le bureau de l'abbesse. Seule.

— Non ! hurla Alicia. Non, non, non…

Le visage déformé par la peur, elle renchérit :

— Ma Mère, je vous en prie, ne nous séparez pas. Nous sommes des jumelles, vous ne pouvez pas faire ça ! Béatrice ne l'acceptera pas davantage que moi et ce ne serait pas juste, ce serait trop cru…

Elle s'interrompit, comme l'abbesse affichait une expression lassée. Grande et athlétique, cette femme approchant la cinquantaine était respectée de toutes les sœurs et des pensionnaires pour son calme proverbial et son sens de l'équité.

— S'il te plaît, cesse ce mélodrame. Vous n'êtes *pas* des jumelles. Votre anniversaire a-t-il lieu le même jour ? Non ? Alors, dont acte. Pour Béatrice, il s'agit d'une opportunité inespérée. Est-ce que tu te rends compte ? Une bourse intégrale pour toute une scolarité secondaire dans le meilleur établissement de Milan ? Avec prise en charge des frais d'internat ? Ce sera un passeport pour les universités les plus cotées d'Europe.

— Mais c'est trop loin ! protesta Alicia. C'est comme si Béatrice partait en Australie !

— Alicia, gronda la mère supérieure. Tu te tiens devant moi, tu pleures, et tu prétends aussi que tu aimes Béatrice…

— Oh ! oui je l'aime, confirma-t-elle en sanglotant.

L'abbesse sourit tendrement.

— Voyons, mon enfant, réfléchis. Si tu l'aimes, tu veux ce qu'il y a de mieux pour elle, n'est-ce pas ?

Oui. Bien sûr. Mais justement, Alicia était convaincue d'être ce qu'il y avait de mieux pour Béatrice. Au couvent, tout le monde considérait sa jumelle comme une personne froide et distante, et Alicia avait même entendu de jeunes nonnes dire qu'en lui coupant le cordon n'importe comment, sa mère l'avait coupée de tout accès aux émotions humaines.

Seule Alicia connaissait la vraie Béatrice. Celle qui, tous les ans, lorsque le festival avait lieu, fin septembre, sortait de sa chambre par la fenêtre et escaladait le mur d'enceinte pour se rendre en ville, dans l'espoir fou d'y trouver ses parents. Ensuite, durant des semaines, son amie ne s'endormait qu'après avoir trempé son oreiller de larmes, et s'éveillait au milieu de la nuit en proie à d'atroces cauchemars.

Aussi le réflexe d'Alicia fut-il immédiat :

— Elle a besoin de moi.

— Tiens donc. Es-tu certaine que ce n'est pas plutôt l'inverse ? s'enquit la religieuse en haussant les sourcils.

Puis elle secoua tristement la tête et enchaîna :

— Écoute Alicia, Béatrice est très douée. Il est essentiel

qu'elle s'épanouisse et qu'elle ne gâche pas ce cadeau du Tout-Puissant. Si elle est aussi déterminée que je le crois à réussir, elle a…

Tout en écoutant le discours de la mère supérieure, Alicia se sentit déstabilisée. C'était la vérité : depuis toujours, alors qu'elle devait se battre pour déchiffrer un texte, sans parler d'en rédiger un, sa jumelle brillait en tête de classe, récoltant des notes exceptionnelles en italien, en français, en latin… Elle se passionnait pour le thème comme pour la version.

— J'ai une bonne raison de vous avoir convoquées l'une après l'autre, reprit l'abbesse, une note de gravité dans la voix. Ta réaction sera décisive et plus jamais Béatrice ne bénéficiera d'une chance pareille. Si tu t'entêtes à crier et à sangloter, elle la déclinera. C'est ce que tu veux ?

Alicia se sentit blêmir.

— Je le répète, car il faut que tu le comprennes bien : Béatrice tient la chance de sa vie. Si elle passe à côté, elle finira ici, à vendre des savonnettes dans la boutique. C'est l'avenir que tu lui souhaites ? Tu penses que cela correspond à sa passion de l'étude et à ses compétences ? Ou bien tu l'imagines bercer des nourrissons abandonnés ? Réponds-moi franchement, Alicia : tu penses qu'elle est faite pour cela ?

— Je… Elle pourrait trouver un travail en ville, opposa-t-elle. Ou devenir notre bibliothécaire : elle adore cet endroit.

Cette réplique spontanée parut décevoir la mère supérieure qui fronça les sourcils.

— Quelle petite demoiselle égoïste tu es en train de devenir, Alicia. Et rebelle, de surcroît, si j'en crois ce qu'on me dit…

Sœur Angélique, vers qui l'abbesse s'était tournée, approuva et précisa :

— Alicia se promène partout main dans la main avec ce ruffian de…

— Je sais merci, coupa la Mère avec irritation, fixant soudain son regard sur la poitrine d'Alicia.

Radoucie, elle poursuivit :

— Sœur Angélique va te conduire au placard des sous-vêtements de la réserve. Il est grand temps que tu portes quelque chose sous ta robe. Tu te sentiras plus à ton aise. Ensuite, tu iras faire tes prières du soir, et je te suggère de bien réfléchir à ce que tu souhaiteras. Puisque tu aimes Béatrice, je te fais confiance pour comprendre où est son intérêt.

Comme l'adolescente se levait, l'abbesse ajouta :

— Une dernière chose, Alicia. Tâche de choisir tes camarades de l'extérieur avec un peu plus de discernement.

Son cœur saignait déjà de perdre Béatrice. Voulait-on la priver de Ragno au même moment ?

— Je vous assure que j'ai tout mon discernement, ma Mère. Je n'ai que deux amis…

— Tu t'en feras beaucoup d'autres.

— Il y a des gens que j'apprécie, avec qui je discute, mais les *vrais* amis sont précieux.

L'abbesse parut embarrassée mais poursuivit :

— Il est vrai que tu es un peu jeune pour subir cette épreuve, c'est pourquoi je préfère me montrer directe : mieux vaut ne pas s'approcher d'un certain petit jeune homme dont la mère fait excessivement jaser…

— Je croyais que je devais me montrer charitable envers ceux qui n'ont ni logis ni pain ? opposa vivement Alicia.

Comme les deux religieuses gardaient le silence, elle conclut :

— La plupart du temps, Dante Schinina se trouve dans ce cas !

Alicia fut rassurée de ne pas voir Béatrice dans la petite chapelle où elle alla faire ses prières du soir, après un dîner léger. Elle put ainsi réfléchir au calme, même si le bandeau de coton élastiqué qui enveloppait désormais ses petits seins la gênait horriblement.

Après quoi, elle rentra dans le bâtiment à tourelles où, au dernier étage, Béatrice et elle partageaient une chambre très simple : deux lits, deux bureaux, une armoire, une étagère de livres et une fenêtre donnant sur le prieuré. Les miroirs n'étaient autorisés que dans les salles de bains, et Alicia regretta de ne pouvoir vérifier que ses yeux n'étaient pas trop bouffis... Il ne fallait pas que sa jumelle devine qu'elle avait pleuré.

Pas question non plus de laisser encore couler une seule larme, se jura-t-elle. Même si elle se sentait... perdue. La mère supérieure l'avait punie, l'année précédente, pour ses petits mensonges ; aujourd'hui, elle lui demandait d'en faire un gros. Le plus gros mensonge qu'Alicia ait jamais proféré de sa vie, *et à Béatrice* ! Oui, un mensonge affreux, car Alicia ne voulait pas qu'elle s'en aille.

— Je ne pars pas ! s'exclama Béatrice en sautant vivement à bas de son lit dès qu'Alicia poussa la porte. Je le leur ai dit tout de suite : si tu n'y vas pas, moi non plus !

Alicia déglutit lentement.

— Ah. Mais moi, je suis incapable de décrocher une bourse pour suivre des études dans un lycée de Milan... Je n'arrive même pas à bout d'une division sans me tromper ! Toi, tu es tellement intelligente, tellement douée... Je crois que tu devrais accepter.

Béatrice fronça les sourcils en la dévisageant avec attention.

— Tu ne le penses pas. Tu as pleuré.

— Oui.

— Et tu pleures rarement, renchérit son amie.

— C'est parce qu'on m'a défendu de revoir Ragno. Tu avais raison : on nous a vus, lui et moi, main dans la main, et l'abbesse est furieuse. Je suis sommée de choisir ma compagnie avec plus de discernement.

— Mais...

Visiblement déstabilisée, Béatrice lui décochait un regard triste.

— On a fait le serment de ne jamais être séparées, rappela-t-elle. Parce que personne n'a le droit de séparer des sœurs jumelles, et que...

— Nous ne sommes pas vraiment des jumelles, coupa Alicia d'un ton moqueur. Ni même des sœurs, du reste.

— Si. Sœurs par le cœur, insista Béatrice.

Surmontant la montée d'angoisse qui lui glaçait le sang, Alicia afficha un sourire confiant.

— Exactement. Ce qui veut dire que rien ne changera ça. Et que tu as intérêt à travailler dur et à réussir, parce que quand je serai plus grande, je viendrai te rejoindre à Milan. Et on sera colocataires, comme prévu ! promit-elle en serrant les mains de Béatrice dans les siennes.

1.

Milan

Alicia ouvrit les yeux avant la sonnerie du réveil. Comme d'habitude. Puis elle resta sur le dos, immobile. Comme d'habitude aussi.

Pourtant, la journée qu'elle s'apprêtait à vivre n'aurait rien d'habituel.

Ce n'était pas le noir qu'elle détestait tant, dans la nuit. C'était le silence. L'absence. S'endormir sans personne à qui souhaiter *buona notte*. Sans personne à qui lancer un joyeux *buongiorno* avant d'avaler son café.

Oh ! bien sûr, même si Béatrice et elle étaient restées en contact, à vingt-huit ans, elles ne partageraient plus un appartement. Mais dans le rêve d'Alicia, puisqu'elles auraient été colocataires au moins entre dix-huit et vingt ans, par la suite, elles n'auraient pas manqué de s'appeler souvent, de déjeuner ensemble une fois par semaine. Avec leurs familles respectives, elles auraient partagé toutes les vacances scolaires…

En ce moment, Alicia se considérerait comme satisfaite si elle recevait de Béatrice ne fût-ce qu'un coup de fil par an, pour Noël par exemple. Sa plus grande joie serait de pouvoir partager de temps à autre un *ristretto* à la terrasse d'un café avec son amie, et de l'entendre rire quand elle lui raconterait son incorrigible maladresse avec les garçons…

Elle ne se sentirait plus si seule.

Rongée par les secrets, la honte et l'accablement, après tout ce qui était arrivé, depuis que Béatrice avait quitté Trebordi. Oui, les événements s'étaient enchaînés, ou plutôt déchaînés de telle sorte qu'à vingt ans, Alicia avait fini par quitter à son tour l'île sicilienne, le cœur brisé.

Immobile sur le lit de son petit studio, elle fixa le plafond. Même si elle était une Milanaise, désormais, sa solitude restait absolue.

Inconsolable, incapable d'accepter la réalité telle qu'elle était et de tourner la page, elle ne savait que compter toutes ces années sans nouvelles de Béatrice. En dépit de leur serment, pas une lettre, pas un appel, pas une visite…

Juste deux malheureuses cartes postales en quinze ans !

Mais aujourd'hui, tout allait changer. C'était une date à marquer d'une pierre blanche, car Alicia prenait le taureau par les cornes. Fini de pleurnicher, de se lamenter ! Désormais, elle allait agir. Puisque, depuis qu'elle habitait ici, tous ses efforts afin de retrouver Béatrice étaient demeurés vains, si Dieu et le destin y mettaient un peu de bonne volonté, elle allait aborder le problème autrement. De façon aussi audacieuse qu'originale : en affrontant un second problème – Dante.

Lui aussi avait disparu de son existence depuis de longues années – depuis ce fameux après-midi où, tous deux, ils avaient goûté au fruit défendu. Elle ne l'appelait plus Ragno et interdisait à son souvenir de s'imposer trop fréquemment à elle. Car ce souvenir si parfait, ce souvenir qu'elle aurait voulu chérir jusqu'à sa mort avait été sali. Pourtant, ce n'était ni par espoir de le sauver ni dans l'illusion naïve d'obtenir enfin la réponse à la question qui la taraudait qu'elle ferait appel à Dante.

Alicia prit sa douche et enfila une jolie robe longue en soie marine sur ses sous-vêtements en dentelle, avant de sauter dans une paire de sandales. Comme durant son enfance, elle portait encore des vêtements d'occasion, mais elle sélectionnait savamment les pièces à son goût, des tissus d'excellente qualité et des imprimés délicats, dans les boutiques milanaises où elle avait ses habitudes.

Avec bonne humeur, elle dévala l'escalier de son immeuble et s'engouffra dans les ruelles. Après avoir été ouvreuse dans un cinéma, serveuse dans un restaurant touristique et potiche au comptoir de parfumerie d'un centre commercial, elle avait trouvé un travail qui lui plaisait, à un quart d'heure de marche de chez elle. Il était très tôt, le soleil ne frapperait pas le Duomo de ses rayons avant une heure, mais Alicia s'arrêta sur le parvis de la somptueuse cathédrale qu'elle ne se lasserait jamais d'admirer.

— Aide-moi. S'il te plaît, pria-t-elle tout bas.

Car de l'aide, elle en aurait besoin. Sa « rencontre fortuite » reposait sur deux années de préparation, et elle avait essuyé plusieurs échecs.

Parvenue à destination, elle leva les yeux sur la façade du palace. Tout là-haut, au dernier étage, *il* était probablement en train de dormir. Comment diable l'enfant de Trebordi qui volait des œufs pour survivre s'était-il hissé jusque dans la suite la plus chère du cinq-étoiles le plus fameux de Milan ? Elle n'en avait aucune idée. Elle ne savait pas davantage à quel moment Dante s'était changé en loup aux dents longues, à son aise dans la meute des entrepreneurs les plus ambitieux, dans l'entre-soi de la jet-set et des castes privilégiées… Mais c'était ainsi : aujourd'hui, Dante Schinina faisait parler de lui dans la presse financière – et les tabloïds.

Le petit sicilien farouche, brave et rejeté de tous s'enivrait du pouvoir dont il disposait en tant que patron de casinos.

Il la dégoûtait ! Mais Alicia était prête à surmonter sa répugnance et à avaler beaucoup de couleuvres, si c'était son seul espoir. De toute façon, elle n'avait pas vraiment le choix : sa dernière chance de trouver Béatrice, c'était de solliciter un homme riche et puissant. Qui d'autre que Dante ?

L'entrée de service n'avait pas le faste de l'immense porte à tambour donnant sur le hall Art nouveau au sol mosaïqué, et Alicia se dirigea directement vers le vestiaire où les employés laissaient leurs affaires dans un casier pour enfiler l'uniforme. Elle boutonna sa robe vert amande et noua dessus le tablier en dentelle blanche traditionnel, avant de prendre ses ballerines noires à semelles en gomme – silencieuses dans les couloirs pour ne pas déranger la clientèle. Devant le miroir, elle vérifia son maquillage : juste une touche de mascara sur ses cils naturellement longs, une légère couche de rose indien sur ses lèvres généreuses, et un blush cuivré sur ses pommettes saillantes. Sa peau mate au grain si fin rendait superflue la pose d'un fond de teint.

Enfin, elle lissa sa longue et brillante crinière noire en chignon impeccable.

Ignorant le battement frénétique de son cœur, elle entra dans l'office et sourit à Mme Anita, la gouvernante qui allait distribuer les tâches du matin aux femmes de chambre.

— Voyons, dit-elle d'un ton pensif. La suite présidentielle du *penthouse*…

Elle commençait toujours par les suites les plus luxueuses, et Alicia retint son souffle.

— Rosa, décréta-t-elle d'un ton ferme.

Oh non ! Sa supérieure leva la tête de son bloc-notes et fronça les sourcils.

— Eh bien, Rosa ?… Rosa ! Où est-elle ?

— Je ne l'ai pas vue, ce matin, lança une lingère recrutée récemment.

Au fond de la pièce, on entendit un bruit de pas, bientôt suivi d'un cri affolé.

— Me voici ! Je suis là ! déclara Rosa, essoufflée.

Son retard de cinq minutes pour la préparation du premier service, excusable dans un hôtel de tourisme ordinaire, ne risquait pas d'être accepté ici, encore moins concernant une suite VIP ! Alicia se tint prête à s'engouffrer dans la brèche : ce n'était pas pour rien qu'elle veillait scrupuleusement, depuis deux ans, à être aussi ponctuelle et précise qu'une horloge suisse.

— Alicia ? suggéra la gouvernante.

— Oui !

— Prenez la suite présidentielle, s'il vous plaît. Elle est occupée par un monsieur… *Signor* Schinina.

Ouf ! La mission était pour elle ! Il avait fallu se montrer patiente, mais enfin, avec deux ans d'ancienneté, elle faisait partie des dix femmes de chambre réservées aux meilleurs clients. Quels trésors d'ingéniosité elle avait dû déployer pour que personne ne découvre ses difficultés à lire ! Par chance, dans un établissement de cette qualité, la gouvernante lisait toujours à haute voix la liste des tâches confiées au personnel.

— Bien. Vous monterez le chariot du petit déjeuner. C'est le majordome de la suite qui le portera lui-même un peu plus tard : vous, vous allez vous contenter d'entrer avec le café. Frappez à la porte principale de la suite et à la porte de la chambre. Même sans réponse du client, vous poserez le plateau, vous ouvrirez les rideaux du salon, puis vous proposerez de remplir une tasse.

— Très bien.

— Une tasse que vous remplirez, d'ailleurs, même s'il dort. Ce qui est probable car il est rentré très tard, par hélicoptère, d'un casino à la frontière avec la Suisse…

Alicia s'efforça de demeurer impassible.

— Le *Signor* Schinina aime un grand verre d'eau très fraîche sans citron ni glaçons à côté de son café, très noir, avec deux sucres roux. Néanmoins, dans l'hypothèse où il aurait de la compagnie, vous veillerez à ajouter au plateau un pot de lait et du sucre blanc.

— Compris, dit-elle en hochant la tête.

Mme Anita la dévisagea et poursuivit :

— Alicia, si l'on ne vous répond pas, attendez un bref

instant avant d'entrer. Il est possible que notre client et son éventuelle invitée soient *actifs*, n'est-ce pas…

— Oui. Dans ce cas, je me contente d'ouvrir les rideaux et je retourne la verseuse de café au chariot du majordome, récita-t-elle, connaissant les consignes.

— Absolument. Excellent, répondit la gouvernante en souriant, avant de poursuivre sa distribution des ordres.

Alicia sortit en souriant, mais son sourire s'évanouit dès qu'elle fut en cuisine pour examiner le chariot avec le chef. Parmi les pâtisseries favorites du *Signor* Schinina, elle ne trouva que du salé : pâte d'anchois, crèmes d'épinards et de ricotta… Quelle sorte d'animal se nourrissait ainsi dès le réveil, après avoir été « actif » à son retour d'une nuit de jeux d'argent ? Oh décidément, ce Dante n'avait plus rien de commun avec le Ragno de son enfance !

Non sans prudence, elle s'interdit d'y songer davantage, car elle ne devait pas arriver dans sa suite les joues rougies par le ressentiment. Mais de toute son âme, elle priait pour ne pas le trouver auprès d'une de ces call-girls à qui elle l'avait vu plusieurs fois donner le bras, sous les pampilles de cristal de la réception.

Dans l'ascenseur de service, elle sortit son miroir de poche de son tablier. C'était son bien le plus précieux. Il lui avait été offert pour son dix-huitième anniversaire par la mère de Dante. Le portrait sépia de la dame gravé sur le cuivre avait perdu ses couleurs sous l'effet des frottements, et elle n'avait jamais su déchiffrer l'inscription en typographie cursive, mais elle caressait souvent l'intérieur émaillé du couvercle et le miroir. Elle ne s'en séparait jamais et, en lisant l'anxiété dans son propre regard, elle se rappela qu'elle entreprenait cette démarche délirante pour une seule et unique raison : Béatrice.

Il n'y avait aucune raison pour qu'elle ne s'en sorte pas : elle savait mentir, et elle n'aurait qu'à feindre la surprise. Après un « Oh ! mon Dieu, Dante ! C'est bien toi ? », elle se montrerait agréable, amicale – enfin, pas trop, surtout s'il avait de la compagnie.

Il s'agissait de gagner sa confiance et, par-dessus tout, d'éviter d'éveiller ses soupçons : dans un premier temps, il devait ignorer les arrière-pensées d'Alicia. Tout se passerait à merveille tant qu'il ne verrait pas anguille sous roche, et le meilleur atout de la jeune femme, c'était la Sicile, bien sûr ! Deux Siciliens à Milan, malgré tout ce qui les séparait dorénavant, sauraient trouver un terrain d'entente. Phase 2 : « Nous pourrions prendre un verre, tu me raconteras ce que tu deviens », proposerait-il. Une vraie jeune fille de Trebordi refuserait, mais pas elle, oh ça non ! Alicia répondrait par son plus beau sourire, afin que la phase 3, le « projet Béatrice », soit mise sur pied dès que possible.

Rien de très difficile, n'est-ce pas ? Rassérénée par la simplicité du scénario, elle se tint droite au moment où les portes de l'ascenseur s'ouvrirent, et poussa le chariot jusque devant l'office du majordome assigné au service de la suite présidentielle. Fort heureusement, Enzo s'était assoupi dans son fauteuil, sous la cloche qui éveillerait son attention dès que le client l'actionnerait.

Enfin, le moment tant attendu était arrivé et Alicia n'éprouvait pas de trac. Au contraire, elle se sentait résolue, sereine. Probablement parce qu'elle s'était préparée à ce jour. Elle agita l'eau minérale dans le shaker de glaçons avant d'en verser une généreuse rasade dans un verre, mais elle s'abstint d'ajouter le pot de lait et le sucre blanc au plateau : si Dante avait une compagne capricieuse, tant pis pour elle.

— Café, *Signor* Schinina, annonça-t-elle après avoir frappé à la porte principale.

Conformément à ses instructions, même sans réponse, elle entra. Le parfum de musc et d'ambre, très masculin, qu'elle sentit dans le vestibule ne lui rappelait rien, naturellement : le Dante qu'elle avait connu ne portait pas d'eau de Cologne.

À pas de loup, elle approcha de la chambre et tendit l'oreille. Elle n'entendit rien, mais… la panique s'engouffra en elle tandis que des sons enfouis dans sa mémoire refaisaient surface. Le son de *leurs* soupirs. Des mouvements de *leurs* corps, quand ils avaient fait l'amour. Le chuintement de la rivière, puis de la pluie surnaturelle qui avait enveloppé leurs baisers.

La porcelaine et le verre se mirent à trembler sur le plateau. Alicia s'enjoignit au calme, mais des images et des sensations qu'elle croyait avoir à jamais verrouillées au fond de son cerveau la bouleversaient. Elle revit le regard intense de Dante, la façon dont il l'attirait contre lui et, dès qu'elle ferma les yeux, elle crut sentir la brûlure de ses caresses sur sa peau nue. Ce jour-là, alors qu'elle n'avait aucune expérience avec les hommes, alors qu'elle ne connaissait pas le désir charnel, tout avait été merveilleux, exquis, et même… *évident*.

Oh non, Seigneur, non, pas maintenant ! Au prix d'un effort surhumain, elle s'arracha au passé et prit une longue inspiration. Enfin, elle frappa à la porte de la chambre pour annoncer d'une voix à la fois discrète et ferme :

— Café, *Signor* Schinino.

En dépit du silence qui suivit, elle tourna la poignée de la porte.

Non sans étonnement, elle sentit une immense vague de soulagement la gagner, lorsqu'elle discerna dans la pénombre un seul corps étendu sur le lit. Il dormait sur le ventre, le visage de profil sur un oreiller, une jambe sous le drap et le reste du corps nu.

Alicia déglutit. C'était bien lui. Un peu plus musclé encore que la dernière fois. Toujours svelte, la peau lisse et d'une teinte méditerranéenne, et… outrageusement séduisant.

Très différent du petit garçon qu'elle surnommait Ragno et que tout le monde, au couvent et au village, jugeait sauvage. Non civilisé. Un « gamin à problèmes qui sème la pagaille partout où il va », prétendait-on. Mais ce n'était pas vrai. Pas avec elle. Chaque fois que Béatrice décidait de se plonger dans ses livres ou de consacrer plusieurs heures à la préparation d'un devoir, Alicia passait par le trou du muret dans le potager pour courir jusqu'à la rivière. Souvent, elle y trouvait Ragno et ensemble, ils nageaient, plongeaient depuis un rocher, s'accrochaient aux branches mortes. Il leur arrivait aussi de jouer dans l'ancien refuge en pierres, où Alicia portait à son ami du pain, du chocolat et quelques fruits. Ils prétendaient que c'était leur maison et chaque été, ils s'amusaient beaucoup.

Ensuite, Dante était devenu un jeune homme. Il avait toujours été fier, et il se montrait de plus en plus matamore. Au village, on racontait que toutes les filles lui tombaient dans les bras. Alicia en avait déduit qu'elle n'était plus sa seule amie, et elle était jalouse. D'une jalousie enfantine : la romance lui était étrangère, mais Dante avait brusquement quitté l'île, et le jour où il était revenu… C'était elle qui, pour ainsi dire, s'était jetée dans ses bras. La séparation avait ensuite été définitive.

Puis, elle l'avait aperçu ici, à Milan, devant le palace. Plusieurs fois. Il était facile de l'identifier grâce à son épaisse chevelure noire, et elle avait reconnu la forme carrée de son menton, voilé d'une barbe de douze heures. Son superbe costume était froissé… Car chaque fois, il était au bras d'une femme aux mensurations de top-modèle, vêtue de façon clinquante – et vulgaire.

Alicia posa le plateau et jeta un coup d'œil dans la chambre. Il avait jeté sa veste par terre. Sur la table basse gisait un seau à champagne avec une bouteille intacte et, sur une assiette, les restes d'un *room service* tardif : assortiment de fromages, raisins, figues. Alicia n'était pas censée les débarrasser, et elle alla ouvrir les rideaux. Depuis cet appartement, le panorama sur la ville et la vue sur la cathédrale étaient à couper le souffle. Chaque détail du Duomo se découpait dans le bleu d'un ciel parfait.

— S'il vous plaît...

Alicia sursauta. Il ne dormait plus. D'une voix rocailleuse et ensommeillée, il reprit :

— Refermez les rideaux.

2.

Oh ! non, pas de lumière, non… Si le soleil se posait sur son pauvre crâne fracturé par le manque de sommeil, Dante y laisserait sa peau. Il s'était exprimé d'une voix si pâteuse qu'il espéra que la femme de chambre aurait compris. Du coin de l'œil, il aperçut la soubrette qui se tenait en contre-jour devant la porte-fenêtre. Jeune : dans les vingt-cinq ans, en tout cas moins de trente. De longues jambes. Des hanches rondes, approchant la perfection d'une statue romaine. Une taille fine, les épaules et le cou graciles. Impossible de jauger ses seins puisqu'elle lui tournait le dos, adoptant la posture d'amazone de… Oui, songea-t-il. C'était curieux. Elle se tenait exactement comme Alicia, lorsqu'elle admirait la mer depuis la falaise de Trebordi.

Eh bien, quelle gueule de bois il tenait s'il se réveillait en pensant aussitôt à Alicia ! Il ferma les yeux pour ne pas voir apparaître une famille d'éléphants roses à côté de la ravissante Sicilienne de son enfance. Bon sang, cette soirée au casino avait été interminable. Mais bientôt, il serait délivré de ce fardeau. Oui, bientôt, il pourrait enfin vivre *sa* vie, selon les termes et les valeurs qui *lui* étaient propres. Pour la seconde fois de son existence – et il croisait les doigts pour que ce soit la dernière –, il s'affranchirait d'une emprise malsaine.

— Voulez-vous que je vous verse une tasse de café ?

C'était à n'y rien comprendre. Il ne rêvait pas. La voix au timbre cristallin, si familière, s'élevait encore dans la pièce.

Une voix gravée si profondément en lui que même s'il vivait cent ans sans l'entendre, elle ne s'effacerait pas de sa mémoire.

Dante se redressa sur un coude. Nom d'un chien, que signifiait cette hallucination matinale ? D'un geste agacé, il étendit le bras vers l'interrupteur de la lampe de chevet.

Deux mains aux doigts très fins et à la peau d'olive déposaient une rasade d'arabica dans une tasse en porcelaine céladon. Ces mains… Ce n'était pas possible. D'ailleurs, cet étrange fantasme s'évanouirait comme une bulle de savon dès que la femme de chambre sortirait.

Mais à cause de sa méprise ou de cette vision, les souvenirs jaillissaient, semblables à l'éruption d'un volcan trop longtemps en sommeil.

Alicia Domenica… Dans le désordre défilèrent sous ses yeux les images de moments heureux et innocents dans une rivière, entre les murs d'un vieux refuge, sur les chemins douaniers bordant la côte de l'île. Une féminité et une personnalité complexes : douceur et vulnérabilité, exigence et obstination. Plus tard, il y avait eu l'étreinte, des baisers, des frémissements et ces soupirs, cette fièvre… Un miracle. Le moment où il avait pu, dans ses bras, avec elle, connaître la jouissance de…

Roulant sur le dos, il dissimula son érection sous le drap. Le visage de l'inconnue dans la pénombre se confondait avec l'un de ceux qu'il connaissait le mieux en ce monde. Des yeux d'ébène ourlés de longs, très longs cils noirs. Un nez fin et court. Les pommettes saillantes, une bouche unique avec ses deux lèvres également pulpeuses, de la même épaisseur.

— Alicia ? coassa-t-il, sidéré.

— Ouiii ! s'exclama-t-elle à la façon d'une nourrice assistant aux premiers pas d'un enfant.

Autrement dit : avec excès. Étrange… Mais après tout, c'était Alicia.

— C'est incroyable ! enchaîna-t-elle. Quand j'ai lu ton

nom sur le plateau, j'ai cru à une erreur, tu vois, parce que c'était tellement énorme, tellement inouï ! …

— Qu'est-ce que tu fabriques ici ? s'enquit-il sans dissimuler sa méfiance.

Certes, il était naturellement méfiant. Mais en la circonstance, il trouvait que la musique sonnait faux. L'attitude d'Alicia était… forcée.

— Eh bien je gagne ma vie, expliqua-t-elle. Tu veux ton plateau ?

Médusé par sa décontraction, il acquiesça d'un simple hochement de tête, ne sachant plus que penser. Elle le cueillait à froid, or Dante n'avait pas l'habitude d'être pris de court. En principe, il était préparé à tout.

Sans répondre, il prit le verre d'eau sur le plateau et en avala quelques gorgées avant de s'installer contre les oreillers. Toute la journée et chaque soir qu'il sortait, il croisait des gens qui mimaient la joie dès qu'ils lui étaient présentés. Des « Oh ! », des « Ah ! », des « Ça alors ! » et des « C'est génial de vous rencontrer ici ! », il aurait pu en tresser des guirlandes pour habiller cinquante sapins de Noël. À chaque fois, on le contemplait comme un adorable chiot sorti d'un paquet-cadeau et à chaque fois, en moins de trois minutes, il était question de financement urgent. En tant que gérant de casinos, il était perçu comme un coffre-fort ambulant.

Mais il ne s'agissait pas de n'importe qui. C'était Alicia. Aussi, en dépit de son étrange – *très* étrange ! – entrée en matière, il lui accorda le bénéfice du doute.

— Deux sucres ?

— Oui, s'il te plaît.

Voyons, il devait y avoir une explication… Mais bien sûr ! songea-t-il soudain. Milan ! Elle était venue rejoindre sa soi-disant sœur jumelle dès qu'elle l'avait pu !

Dante n'avait jamais été du matin, et il réalisa que ce long silence entre eux créait une gêne. Le choc de la revoir après tant d'années était difficile à absorber. D'autant plus que le temps avait glissé sur elle, invisible : elle était un peu plus fine qu'autrefois, peut-être, et d'une beauté toujours aussi frappante. Rien n'était plus singulier que la lumière de cet immense regard noir. Dante n'avait jamais non plus oublié les baisers que donnait cette bouche si fraîche et généreuse.

— Vraiment, c'est complètement fou, non ? renchérit-elle. Te revoir ici ! Je suis sans voix.

Hélas non, pensa-t-il, courroucé. Car loin d'exprimer l'émotion qu'il éprouvait lui-même, la voix d'Alicia trahissait, Dieu savait quelle manigance. Elle se payait sa tête !

Un dangereux mélange de colère et de déception monta en lui. Il avait toujours su qu'elle était menteuse. Raconter des histoires aux nonnes de son couvent avait été son activité favorite. Mais jamais il n'aurait cru qu'Alicia Domenica userait un jour de son regard de velours et de sa voix de sirène pour tenter de le rouler dans la farine.

Cette rencontre n'avait rien de fortuit. C'était un guet-apens.

— Quelle coïncidence ! ajouta-t-elle imprudemment, achevant de le convaincre.

Une douleur lui transperçait les entrailles. Dante aurait préféré conserver intact le souvenir de sa relation avec sa première amie. De quel droit lui arrachait-elle ce trésor ?

Aussi, au lieu de répondre, il bâilla. Ostensiblement. Avec volupté.

Elle voulait jouer ? Eh bien, elle avait trouvé un partenaire. Si elle s'était mieux renseignée, elle aurait appris que Dante Schinina était imbattable.

Alicia avait aperçu son érection sous le drap. Son cœur s'était mis à battre à coups redoublés, comme elle se souvenait de la première fois qu'elle avait assisté au phénomène – et Dante le lui avait expliqué, avec des mots, puis avec des gestes. À le voir en ce moment redressé sur le lit, un genou plié, elle se rappela qu'il aimait cette position, autrefois.

— Tu vas rester à Milan quelque temps ? s'enquit-elle, désarçonnée par son bâillement.

— Depuis quand es-tu ici ? contra-t-il d'une voix étrangement grave et enveloppante.

Comme s'il avait bu. Ou fumé. Ou les deux.

— Oh ! ça fait des années.

— Je voulais dire dans cet hôtel, précisa-t-il.

— Ah ! attends, dix-huit mois, non…

Elle fit mine de compter avant d'annoncer :

— Deux ans.

— Vraiment ? C'est très curieux car vois-tu, chaque fois que je me trouve à Milan, je séjourne ici.

— Non, sans blague ? répliqua-t-elle en ouvrant de grands yeux écarquillés. Ah mais attends… Maintenant que tu le mentionnes, il est possible que je t'aie entraperçu à la réception, une fois.

Sans cesser de sourire, elle ne put s'abstenir d'ajouter :

— Je nettoyais la porte à tambour alors naturellement, tu ne m'as pas remarquée.

Elle-même entendit la note d'amertume dans ce propos. Mais il avait été douloureux de voir passer devant elle le seul homme qu'elle ait embrassé, le seul homme avec qui elle ait fait l'amour… D'autant plus que lui, bras dessus bras dessous avec une grande blonde aux seins en obus, ne lui avait pas accordé un regard. Elle était devenue invisible.

— Enfin quoi qu'il en soit, reprit-elle en toute hâte, ça me fait très plaisir de te revoir.

Loin de lui retourner le compliment, il resta silencieux, à siroter son café. La perplexité d'Alicia était complète. Aucun scénario, dans ses longues cogitations préparatoires au projet, ne prévoyait que Dante la reconnaisse avant de l'ignorer ! Qu'il la traite non comme sa plus ancienne amie, mais comme une vague connaissance au milieu d'une pièce remplie de personnes infiniment plus intéressantes.

Enfin, soudain, il lui sourit, et elle sentit son angoisse s'envoler. Le sourire de Dante était la huitième Merveille du monde. Dans son visage aux traits aussi finement ciselés que le buste d'un apollon, sous un front fier et un regard d'une intensité troublante, sa bouche ourlée aurait pu attendrir un lion.

— Excuse-moi, dit-il.

Il se pencha vers la table de chevet, prit son portefeuille et lui tendit un billet. Un courant d'air glacial transperça Alicia.

— Tu… Tu me donnes un pourboire ? souffla-t-elle, incrédule.

— Je suppose que c'est pour cela que tu es encore ici, non ? répliqua-t-il.

D'un geste agacé, il jeta le billet sur le plateau : qu'elle le prenne ou non, il s'en fichait.

— Mais… C'est la seule chose qui te vienne à l'esprit ? insista-t-elle, médusée. Tu n'as rien à me dire après tout ce temps ?

Il haussa les épaules.

— Qu'est-ce que tu veux que je te dise ? Que je te trouve splendide ? Alicia, je suis enchanté de constater que tu es encore plus ravissante aujourd'hui qu'autrefois.

Choquée par la note sarcastique dans sa voix, elle protesta avec acidité :

— Je ne doute pas que mon stupide uniforme de femme de chambre fasse forte impression sur toi, Dante ! C'est déjà une belle promotion par rapport aux guenilles que les sœurs me faisaient porter jusqu'à ce que le tissu tombe en poussière !

— Hé, dis donc ! Si j'avais voulu une tartine de fiel au petit déjeuner, je l'aurais commandée.

— Mais enfin, je…

Elle prit une longue inspiration et ajouta :

— C'est tellement un choc de te revoir… Une telle surprise…

— Tu l'as déjà dit.

Le premier mouvement de Dante avait été de la congédier pour se remettre de la violence du choc. Retrouver Alicia et s'apercevoir au même moment qu'elle lui mentait, c'était…

insupportable. Cependant, sa curiosité grandissait. Jamais il n'aurait cru Alicia capable de ramper au même niveau que les courtisans qu'il repoussait chaque jour.

Au contraire, à cette étape cruciale de sa vie où il s'apprêtait à couper les amarres avec tout ce qu'il avait été ces dix dernières années, sa colère se dirigeait contre ses proches au grand complet, ceux du présent comme ceux du passé – *sauf elle.*

Elle : la seule personne qui lui ait témoigné de l'intérêt en toute générosité, sans jamais rien attendre en retour. Elle : en qui il avait toute confiance. Elle : Alicia Domenica, son ange gardien de Trebordi. Le seul être pur qu'il ait croisé dans son existence. Une âme innocente dont le souvenir agissait comme une boussole sur son âme constamment égarée…

Était-ce possible ? Elle n'était donc qu'un vautour, *elle aussi* ?

Il la contempla attentivement. Son uniforme de soubrette était charmant, plutôt élégant, avec cette robe cintrée à col Claudine qui ne découvrait que ses mollets. Autrefois, elle avait des jambes comme des fils de fer… Désormais, c'était une déesse admirablement galbée, depuis ses fines chevilles jusqu'aux épaules – ni frêles ni athlétiques, d'après le peu qu'il devinait. Ses seins étaient-ils toujours très haut placés, petits et d'un extraordinaire brun doré au niveau des aréoles ? En tout cas, son visage en forme de cœur était resté lisse, son grain de peau d'une finesse que toutes les Milanaises devaient lui envier… Avec ce teint harmonieusement mat, cette bouche unique et cette lumière dans le noir de sa chevelure de soie, Alicia avait le type de beauté insolente qui se passait de maquillage. Quiconque voulait connaître sa personnalité si vulnérable, si volcanique et pour tout dire, tellement sicilienne, n'avait qu'à la contempler avec attention. Le caractère et l'apparence de la jeune femme se répondaient.

Bon, il devait bien le reconnaître : même si ces retrouvailles procédaient d'une ruse, il était heureux de la voir !

— Maintenant que tu es là, peux-tu m'ouvrir les rideaux ? Je me réveillerai mieux en assistant au lever du soleil depuis mon lit.

Sans mot dire, elle s'exécuta, puis murmura d'une voix à peine audible :

— Oui, il est tôt, c'est vrai.

— Je demande toujours à être éveillé à cette heure-ci, répondit-il, au cas où elle croirait avoir commis une erreur dans son service.

Elle lui retourna un sourire amusé.

— Je sais, mais ce que je voulais dire, c'est qu'on s'engage rarement dans une conversation à 6 heures du matin !

Dissimulant sa stupeur, Dante resta de marbre. Mais bon sang, quelle métamorphose ! Jamais la jeune fille qu'il avait connue n'aurait osé lui faire une invitation pareille !

Évidemment, songea-t-il, la gorge étrangement nouée. Puisqu'elle voulait quelque chose, probablement de l'argent, elle entrait habillée en soubrette inconnue dans la chambre où dormait sa cible. Elle avait pensé que, entièrement nu sous ses draps, sans urgence à parer à 6 heures du matin, Dante serait facile à piéger.

— C'est fou, hein ? Ça fait un bail…

Encore ? Quelle mauvaise comédienne ! Dante hocha la tête.

— Combien de temps, exactement ? demanda-t-il.

— Eh bien, la dernière fois que nous nous sommes vus, c'était aux obsèques de ta mère, je crois.

Lamentable, même, pensa-t-il avec irritation. Car non seulement c'était faux, mais c'était de mauvais goût.

— Si mes souvenirs sont exacts, nous ne nous sommes pas dit adieu à l'église, rappela-t-il froidement. Tu es amnésique, Alicia ? Tu as oublié ce qui s'est passé après le cimetière ? Quand l'averse rouge est tombée ?

— Non, je… Je n'ai pas oublié, balbutia-t-elle, les joues écarlates.

— Et entre-temps, nous avons nagé, reprit-il, ravi de

la voir si mal à l'aise. Dans la rivière. N'est-ce pas ? Je me trompe, Alicia ?

— Euh, je... je ne suis pas sûre, lâcha-t-elle dans un souffle.

— Moi, si, trancha-t-il. Même si, naturellement, dans cette rivière, ce que nous avons fait ne s'appelle pas nager.

Elle avait gardé une main sur un rideau, celui de droite, et il ordonna :

— Ferme celui-ci, s'il te plaît.

Il ne tenait pas à ce qu'un paparazzi installé au sommet d'un immeuble voisin s'offre toute la scène en pleine quiétude. Surtout si la suite de ce tête-à-tête matinal menait là où il pensait...

— Le sirocco rend les gens fous, dit-elle en fermant le rideau

Ce n'était pas son avis. Ce jour-là, seule la couleur de la pluie était une conséquence directe du sirocco. Mais ce qui s'était produit entre eux était l'épilogue inévitable, la seule fin possible à la relation à la fois simple et ambiguë qu'ils entretenaient depuis la fin de l'enfance.

Pourquoi diable jouait-elle les vierges effarouchées, en ce moment ? Elle était venue ici pour le séduire, et elle n'aimait pas qu'il se coule dans son jeu ? Ou bien redoutait-elle que ses efforts pour le berner se soldent par un cuisant échec ?

Quelle que soit la raison de son malaise, elle avait raison de douter. D'elle. De lui.

Car elle n'emporterait pas au paradis sa malhonnêteté de ce matin !

3.

Alicia frémit. L'attitude de Dante, alternant mépris et provocation, s'avérait de plus en plus inexplicable. Impossible d'anticiper le mouvement suivant. Elle se voyait contrainte d'improviser, elle qui mûrissait ce plan depuis deux années entières… Quelle déroute !

— J'ai une idée, lança-t-il en la fixant droit dans les yeux. Et si tu me disais ce que tu fais *réellement* ici, Alicia ?

Elle déglutit lentement. Il avait prononcé ces mots d'une voix suave, qu'elle pouvait aussi bien interpréter comme de la sensualité et comme une menace.

S'il devinait qu'elle n'était pas là par hasard, et qu'elle avait forcé ces retrouvailles dans l'intention d'obtenir quelque chose, Dante avait le droit d'être furieux. Mais s'il abusait de son statut de client VIP pour piétiner leur passé et profiter d'elle en tant que femme de chambre… Il méritait qu'elle lui jette le thermos entier de café brûlant à la figure !

Si elle y réfléchissait, il fallait choisir entre l'hypothèse d'un Dante incapable de refréner ses pulsions, et celle d'un paranoïaque d'une rare clairvoyance… Non, aucune des versions n'était plausible.

Il la fixait toujours. Avec impatience ? Lascivité ?

Oh ! si seulement il n'était pas si attirant… Elle pensait de travers parce qu'il la troublait. Or, il ne fallait *surtout pas* qu'elle retombe sous son charme !

— Tu as perdu ta langue ? interrogea-t-il d'une voix envoûtante en retombant dans ses oreillers. Alicia…

Il lui fit signe d'approcher.

— Oui, quoi ? s'enquit-elle d'un ton faussement détaché, esquissant un pas vers le lit.

— Je crois que je dors. À tout instant, je vais me réveiller, et cette rencontre surnaturelle n'aura eu lieu que dans mon imagination. À ta place se tiendra le vieux majordome...

— Possible, souffla-t-elle avec prudence, sans voir le mouvement de son bras.

En une fraction de seconde, il parvint à l'attraper par la taille et à la faire tomber sur le lit, à côté de lui. Avant qu'elle n'ait eu le temps de reprendre ses esprits, il interrogea d'un ton glacial :

— Dis-moi ce que tu fabriques ici.

Oh ! Seigneur ! L'emprise de ce bras puissant, l'odeur mâle de sa peau, la force magnétique de son regard... Rien ne se déroulait comme prévu et en dépit du serment qu'elle s'était fait, elle se sentait fondre. Un trouble exquis paralysait ses membres, tandis qu'une douce chaleur se répandait en elle.

— J'attends une réponse, Alicia, insista-t-il d'un ton dur et impérieux.

Indifférente à son ordre, Alicia tentait avant tout de faire fonctionner ses méninges. La brusquerie de Dante ne l'avait jamais impressionnée. C'était d'ailleurs parce qu'elle avait identifié sa sauvagerie comme l'aveu de son désarroi qu'elle était la seule, à Trebordi, à avoir osé l'approcher. Déjà à l'époque, si le frêle garçon l'intimidait, c'était par son courage et par sa beauté. Précisément... Alicia se retrouvait confrontée à un enjeu décisif ; ne pas céder au désir que lui inspirait cet homme, mais ne pas risquer de gâcher sa dernière chance de retrouver Béatrice.

Si elle était raisonnable, elle sortirait sur le champ de la suite. Cette bataille était perdue : mieux valait l'admettre et viser une revanche – aborder Dante autrement et surtout, une autre fois.

— Tu sais, susurra-t-il d'une voix caressante, il m'arrive parfois de penser à ce jour-là, à la rivière…

Il la tenait toujours par la taille et le contact de son corps immense, viril et protecteur, l'enivrait. Un fol espoir naquit au fond d'elle, et elle le laissa dénouer le tablier puis soulever sa robe.

— Moi aussi, avoua-t-elle tout bas.

— Et j'y pense très fort en ce moment, reprit-il en descendant sur le matelas, déboutonnant le haut, aventurant une main sous le jupon.

La gorge d'Alicia était en feu. Le bourdonnement à ses tempes était dû au battement paniqué de son cœur, et son sang s'était liquéfié dans ses veines. Sous la dentelle de son soutien-gorge, ses seins enflaient.

— Même avant d'ouvrir les yeux, je savais que c'était toi, conclut-il avant de basculer sur elle pour plaquer sa bouche brûlante au creux de son cou.

Dante n'avait pas commencé par un baiser sur la bouche la première fois non plus. Enfin, en un sens. Dans la rivière, il l'avait embrassée là, à la naissance de la clavicule, sur la peau si fine et sensible qui démultipliait par dix l'intensité de ce contact. Cette bouche veloutée, si douce, si affamée qui se posait sur elle – Alicia en avait rêvé presque chaque nuit depuis leur séparation.

Elle partirait, oui, se jura-t-elle. Après un autre baiser. Pas tout de suite. Bientôt.

Une sève merveilleuse coulait dans ses artères, ranimant toute sa chair, éveillant chaque particule de son corps comme si, sans même le réaliser, elle s'était privée d'oxygène dix années durant. Dante n'était pas juste le premier. Il était le seul. Mais si personne ne savait l'apprivoiser, pas même elle, elle n'était pas dupe de ses manœuvres.

— Menteur, murmura-t-elle en fermant les yeux, tandis qu'il agrippait ses hanches pour enfouir son visage sous ses seins, avant de déposer une traînée brûlante de baisers sur son ventre.

Parce que c'était lui, elle s'abandonnait à la folie de son érotisme – à l'exquise torture de ses mouvements languides et experts. Et quel expert il était ! Patiemment, il l'effeuillait, promenant ses mains sur elle avec une légèreté aussi aérienne qu'enivrante.

— Tu savais que c'était moi, chuchota-t-il sans qu'Alicia n'entende un accent interrogatif dans sa voix.

— Non, mentit-elle, embrasée de désir par les baisers qu'il posait sur son ventre.

Tout en effleurant l'intérieur de ses cuisses, faisant ainsi grimper sa fièvre de plusieurs degrés, il persifla :

— Tu en es certaine ?

La puissance musculaire de son torse l'envoûtait ; elle se laissait happer par son charisme, noyer dans son parfum ambré, dériver au fil de son emprise…

— Je… Pas avant de lire ton nom sur la fiche, assura-t-elle, le cœur battant sur un rythme frénétique.

Il remonta sur le matelas et se pencha sur son visage, arrimant son regard hypnotique au sien. Lorsque ses lèvres vinrent se poser doucement sur les siennes, elle crut défaillir.

— Alicia, lâcha-t-il avant de l'embrasser avec une volupté qui la stupéfia.

Ce n'était pas un baiser timide, oh non. C'était le baiser dont elle n'osait rêver – un baiser de retrouvailles palpitant d'émotion, passionné. Leurs langues s'emmêlèrent avec intimité, leurs lèvres s'unirent langoureusement, et Alicia sentit le cœur de Dante battre aussi fort que le sien. Plus rien ne comptait que cet instant, leurs corps pressés l'un contre l'autre et leur étreinte éperdue.

Bientôt, le désir les submergea. Elle en voulait plus. Il fallait qu'il la prenne, qu'elle goûte la saveur de sa peau, qu'il vienne en elle, qu'elle le caresse… Dante était entièrement nu, mais en ce qui la concernait, il n'avait encore défait que son tablier et entrouvert sa robe ; Alicia était prisonnière de son caraco, du jupon, et…

— Retire tout ça, gronda-t-il, à l'unisson de ses pensées, en arrachant presque la fermeture zippée de son uniforme.

Enfiévrée, elle l'aida à la débarrasser de ses vêtements qui volèrent à l'autre bout de la pièce, mais lorsqu'elle se retrouva allongée près de lui en sous-vêtements, la réaction de son compagnon ne fut absolument pas celle qu'elle escomptait.

Il se raidit, fit un bond pour se redresser sur le lit, la contempla avec un mélange d'effroi et de colère et s'exclama :

— Je le savais ! Alicia, tu… C'est un coup monté !

Ses yeux lançaient des éclairs. Toute trace de tendresse et de désir sur ses traits avait disparu au bénéfice d'une expression menaçante, outragée. Durant une fraction de seconde, elle craignit même qu'il ne se métamorphose en serpent au venin mortel. Jamais elle n'avait vu quelqu'un exprimer un courroux aussi violent !

— Dante… Qu'est-ce qui t'arrive ? plaida-t-elle, effrayée. C'est moi ! C'est *nous*…

Était-il fou ? Suivant son regard glacial, elle baissa les yeux sur son slip. Un tanga en dentelle pourpre surmontant le triangle de soie transparente sur sa toison pubienne d'un cristal couleur émeraude.

Le même était cousu entre les bonnets de son soutien-gorge forme triangle.

— Magnifique lingerie ! s'exclama-t-il d'un ton scandalisé.

Sidérée, Alicia songea au caraco et au shorty de la même collection, rangés dans le tiroir de sa commode. Aurait-il eu la même réaction ? Qu'est-ce qui pouvait bien le choquer dans son ensemble de lingerie ?

— Ton petit jeu a assez duré, Alicia. Maintenant, tu vas me dire ce que tu veux ! tonna-t-il.

— Mais… Comment cela, ce que je veux ?

— Ce que tu es venue chercher dans cette chambre ! Tu

n'espères tout de même pas me faire croire que tu portes ce genre de lingerie au travail tous les jours ?

Alicia hésita, mais finit par rétorquer d'un ton farouche :

— Bien sûr que si.

Sans mot dire, il ouvrit le tiroir de sa table de chevet et en sortit un paquet de cigarettes.

— Il est interdit de fumer dans tout l'hôtel, rappela-t-elle dès qu'il brandit un briquet.

D'un geste rageur, il fit valser le paquet et le briquet jusqu'au pied de la fenêtre.

— « Bien sûr » ? répéta-t-il avec acrimonie. « Bien sûr » ? Et je vais également trouver, « bien sûr », un paquet de préservatifs dans ton tablier, si je fouille dedans ? Quoi d'autre ? Arrête de te moquer de moi ! Je sais reconnaître un guet-apens !

Dante était hors de lui, mais le pire n'était pas la rage qu'il sentait lui brûler les entrailles. Non, le pire était d'éprouver une nouvelle fois cette déception déchirante. Le sentiment d'une trahison qu'il avait crue impossible, venant d'Alicia.

Une nausée familière lui noua l'estomac. Celle que causait une infernale impression de déjà-vu… Le énième retour de la malédiction qui, visiblement, le poursuivrait jusqu'à son dernier souffle.

Tandis que la jeune femme se rhabillait, il songea, non sans amertume, à la confiance qu'il lui vouait autrefois. Alors que sa mère lui infligeait une vie de paria et un quotidien de misère, Alicia était là pour lui – avec sa joie, son enthousiasme, son désir sincère de le revoir chaque jour après la classe, quand son amie Béatrice travaillait.

— Dante, murmura-t-elle, je…

— Laisse-moi ! aboya-t-il.

— Non. Tu m'accuses de t'avoir tendu je ne sais quel piège, tu ne m'interdiras pas de me défendre !

Écœuré par ses mensonges, il ne répondit pas.

— Il me semble que nous étions deux, sur ce lit, enchaîna-t-elle, et que tu as eu envie tout autant que moi de…

— C'est de l'argent que tu veux ? coupa-t-il sèchement.

Elle lui décocha un regard perplexe.

— Hein ?

— Une revanche ? reprit-il. Tu m'en veux ? Tu ne me pardonnes pas de ne pas t'avoir vue, le jour où tu lavais la porte du hall d'accueil ? C'est ça ?

— Mais non, voyons, balbutia-t-elle, je…

Son chignon avait fait place à une tignasse hirsute, elle avait les joues en feu et son mascara avait filé. Irrité et las, il étendit le bras vers la salle de bains et ordonna :

— Va te rafraîchir et te rajuster. Tu as deux minutes, ensuite je commande mon petit déjeuner au majordome.

De toute évidence, pensa-t-il sombrement, elle ne lui dirait pas la vérité. Même prise en flagrant délit, avec la tête de mule qu'elle avait toujours eue, elle préférait s'enferrer dans le mensonge ! Tant pis pour elle.

— C'est mieux, lâcha-t-il d'un ton glacial lorsqu'elle revint dans la chambre.

— Oui, merci, asséna-t-elle froidement. Maintenant, Dante, je peux te dire quelque chose ? Tu n'imagines pas combien j'ai souffert de devoir porter les horribles sous-vêtements que me donnaient les nonnes. Mais tu ne peux pas avoir complètement oublié ma honte, mon embarras, le jour où tu m'as vue harnachée dans un soutien-gorge bon pour une grand-mère et une culotte qui me remontait par-dessus le nombril ! Je me suis juré qu'une fois indépendante, je ne porterais que de la lingerie fine et… C'est mon petit luxe à moi, ma revanche. Alors si mon ensemble t'a étonné, sache que je suis toujours ainsi sous mon uniforme. *Toujours.*

Dante déglutit lentement.

Bien essayé ! Il se rappelait la honte de la jeune femme, oui. Ses ruses et son insistance, dans la rivière, pour qu'il ne la regarde pas. Il se rappelait aussi que, dans son regard, ces sous-vêtements n'étaient ni laids ni beaux – ni dignes d'un commentaire.

Parce qu'il ne voyait qu'elle.

Et aujourd'hui, après la scandaleuse comédie qu'elle lui avait jouée, il ne croyait pas un mot de cet alibi !

— Va-t'en, ordonna-t-il.

— Salaud.

Cette fois, il lui décocha un sourire cruel.

— Tu ne mesures pas à quel point ton jugement est exact, Alicia. Un conseil : ne défie plus jamais un cœur aussi noir que le mien. Ça finirait mal.

Comme elle ouvrait la bouche afin de protester, il pressa le bouton d'appel du majordome et, vaincue, elle quitta la suite.

Le reste de la matinée ne fut guère plus favorable à Alicia.

— Ah ! Enfin ! Où diable étiez-vous passée ? pesta la gouvernante lorsqu'elle revint à l'office.

— Un client m'a priée de…

— Oh ! aucune importance. Allez monter et servir les petits déjeuners du troisième étage, s'il vous plaît.

Alicia parvint, non sans difficulté, à s'acquitter de ses tâches, même si son esprit était ailleurs.

Quel genre de monstre pouvait se mettre dans un état pareil et traiter son amie d'enfance avec un tel mépris ? Hélas, elle connaissait la réponse. Le *Signor* Schinina n'était plus le Dante qu'elle avait connu. Et si elle était honnête, elle avouerait qu'elle en avait conscience depuis belle lurette. Dix ans, pour être exacte.

Depuis qu'il avait osé gâcher son plus précieux souvenir, ternir les heures merveilleuse qu'ils avaient partagées après les funérailles de sa mère. C'était arrivé neuf mois après.

Le choc avait été tellement violent, pour Alicia, qu'elle avait l'impression de voir Sœur Angélique devant elle, raide comme la Justice. La religieuse l'avait fait lever en pleine nuit pour l'accuser de s'être servie de la « porte aux bébés », avant de la pousser sans ménagement dans la nourricerie où dormait un nouveau venu.

En se penchant sur lui, Alicia avait senti son cœur cesser de battre.

Il y avait la noirceur des yeux, l'épaisseur des cheveux, la forme du front, mais surtout… *les orteils écartés et fins comme des pattes d'araignée.* Les orteils de Ragno. Aucun doute possible : c'était son fils.

La particularité anatomique de son ami était connue de toutes les religieuses qui, en maintes occasions, avaient vu les deux enfants courir pieds nus : Sœur Angélique était parvenue à la même conclusion qu'Alicia, en trouvant le nourrisson. À une différence près – Alicia était bien placée pour savoir qu'elle n'était pas la mère de ce petit. Ce qui signifiait que le fameux jour de son retour sur Trebordi, Dante avait été très occupé avec les filles… Qu'Alicia ne représentait rien de particulier pour lui.

Sa première fois si unique, si précieuse, sous la pluie rouge, n'était qu'une illusion.

Le cœur brisé, elle avait tenu le bébé dans ses bras. L'enfant de Dante – pas le sien.

Silencieuses, les larmes roulaient sur ses joues, brûlantes et acides. Finalement, elle était heureuse qu'il ne soit plus là. Qu'il soit parti pour toujours. Car elle ne voulait plus jamais entendre parler de lui.

Le souvenir de ce traumatisme la hantait, tandis qu'elle préparait le salon lounge de l'immense hall du palace en posant des bouquets de fleurs fraîches sur les tables basses, elle sursauta quand une voix masculine s'éleva derrière elle, impérieuse :

— Alicia !

Elle se retourna.

— Dante, dit-elle simplement.

Pourquoi fallait-il qu'il produise cet effet sur elle ? Dans son costume gris et ses mocassins impeccables, il irradiait de séduction.

— Il faut qu'on parle, dit-il.

— Je ne vois pas de quoi, répliqua-t-elle en s'efforçant de le fuir discrètement.

Mais il la rejoignit devant la table la plus éloignée de la réception et revint à l'assaut.

— Tu voulais me parler, expliqua-t-il. Alors parlons.

— Écoute, je suis déjà en retard sur mon service alors je te prie de…

— Ce soir ? Un dîner ? suggéra-t-il.

Sur ses gardes, elle le dévisagea avec défiance.

— Pour quoi faire ?

— Dissiper tout malentendu, pour commencer ? dit-il avec un sourire engageant. Tu ne t'imagines pas le nombre de gens qui m'abordent dans l'intention d'obtenir de l'argent. J'ai reçu des courriers de l'ancien coiffeur de Trebordi qui souhaitait investir dans un bar pour renflouer sa pension de retraite. Selon lui, je ne pouvais pas avoir oublié les couronnes de fleurs qu'il distribuait gracieusement aux fêtes du village… Et même le directeur de l'école municipale, où j'étais si peu assidu, a retrouvé ma trace, pour me prier de venir dire un discours de fin d'année et offrir une bourse. À chaque fois, ils commencent par les violons : « Oh ! Dante, vous ne pouvez pas avoir oublié… Cher Dante, très cher ami ! ». Or, tu sais aussi bien que moi que je n'avais pas d'amis, et…

— Pas d'amis *à part moi*, rappela-t-elle. Et après avoir été ton amie, j'ai été ton amoureuse.

— Mais… Ma quoi ? *Mon a…* ?

Il blêmit, puis haussa les épaules avec irritation.

— Non, Alicia, nous n'avons pas été des amoureux, comme tu dis, lâcha-t-il avec cynisme, ponctuant ses derniers mots d'un ricanement.

Quelle lâcheté ! Il avait un gros problème avec le romantisme en général et la romance en particulier, elle l'avait toujours su. Ce garçon-là avait poussé comme une herbe folle sur un récif sicilien : sans cadre social, sans structure familiale, sans l'affection, les baisers et la tendresse sinon de sa mère, au moins de quelques frères et sœurs, d'une tante ou d'un oncle… Alicia, elle, avait connu la complicité et l'affection de sa sœur jumelle, au sein d'un couvent aux règles dures, mais compréhensibles, justes, intangibles.

Mais ce n'était pas l'adolescent qui se dressait devant elle, jetant sa cruauté sans vergogne ! C'était un adulte désormais favorisé par la vie, et parfaitement conscient de ce qu'avait signifié leur première étreinte.

Blessée par tant de déni et de mépris, elle répliqua :

— Je comprends enfin pourquoi les nonnes insistaient pour que je me méfie de toi.

— Elles avaient raison, renchérit-il. Moi aussi, je t'ai avertie : n'investis en moi aucun espoir.

« N'investis en moi aucun espoir ». Cette formule infâme, il la lui avait en effet répétée cent fois.

— C'est vrai, lâcha-t-elle sombrement.

— Et pourtant, tu es toujours là ! s'énerva-t-il.

— Non, Dante. C'est *toi* qui es toujours là.

Une seconde fois, elle le vit blêmir. À sa surprise, il changea aussitôt de ton en enchaînant :

— Mais oui, c'est pourtant vrai… Et même s'il ne m'est encore jamais arrivé d'inviter une ancienne « amoureuse » à dîner, je souhaite faire cette exception pour toi.

— Ah. Et pourquoi ?

— Parce que je te dois des excuses.

Alicia résista à la tentation de lui hurler que c'était le moins qu'il puisse dire. Si elle lâchait tout, les conséquences de l'ouragan pourraient se révéler désastreuses. Moins pour elle que pour Roberto. Or, elle n'avait pas le droit de mettre en danger le bonheur qu'avait trouvé le petit garçon auprès de ses parents adoptifs.

— Bon, c'est d'accord, dit-elle. Je dînerai avec toi.

4.

Dante avait accepté de dîner tôt et lui donnait rendez-vous dans un restaurant très chic, à cinq minutes à pied de l'hôtel. Alicia prit sa douche à l'hôtel en terminant sa journée, mais craignit de ne pas être assez habillée pour un établissement renommé.

— Qu'est-ce que tu racontes ? opposa-t-il en la gratifiant d'un long regard appréciateur. Tu es élégante, sobre, ravissante.

Tandis qu'elle emboîtait le pas d'un Dante irrésistible dans son costume beige et sa cravate, Alicia restait persuadée qu'il manquait au moins à sa robe en soie marine un blazer bicolore ou un foulard à imprimé audacieux, pour fouler le sol en marbre de Carrare de l'enseigne célèbre dans toute l'Europe.

Ici, devinait-elle, une salade verte coûtait l'équivalent de deux ou trois journées de salaire. En marchant derrière Dante, elle sentait son parfum : complexe, raffiné, sophistiqué. Elle ne put résister à la curiosité de scruter ses souliers. Au palace, afin de ne pas commettre d'erreur dans le service d'entretien, on apprenait à distinguer le cuir de vache ordinaire des « velours de chevreau », les « façon reptile » des véritables peaux de lézard ou d'alligator. Son œil expert identifia la signature du chausseur milanais que s'arrachaient les grands de ce monde… Oui, dans ses derbies de luxe et ses vêtements cousus main, Dante *sentait* la richesse. L'opulence.

« Sois prudente », s'enjoignit-elle, tandis qu'ils étaient

placés au fond de l'immense terrasse, à une petite table à l'écart, près d'une belle fontaine en pierre.

Nul doute qu'il ne tenait pas à être vu en compagnie d'une femme de chambre, pensa-t-elle, tandis que le serveur l'installait avec cérémonie.

— Tu vas voir, indiqua Dante en s'asseyant face à elle. Ici, la cuisine est remarquable et on est si tranquille…

Il la dévisagea avec une certaine insistance avant d'ajouter :

— Tu es *vraiment* ravissante, tu sais.

Alicia sentit ses joues rosir sous le compliment – auquel elle ne parvenait pas à croire tout à fait. Elle était debout depuis 5 h 30 du matin, et elle avait travaillé huit heures sans compter les trois pauses et l'heure de sieste réglementaires. Elle ne ressentait aucune fatigue, probablement à cause de l'excitation, de la fébrilité. D'habitude, à cette heure-ci, elle allait nager à la piscine ou courir au parc.

— Maintenant, raconte-moi tout. Qu'as-tu fait toutes ces années, à part prendre l'habitude de t'introduire dans les chambres des clients endormis ?

Alicia le contempla avec perplexité. Cette note d'humour, l'envie de la taquiner, ces manières détendues… C'était l'ancien Dante. Celui de leur jeunesse.

— Bon, écoute, avant toute chose, je tiens à te présenter mes excuses, enchaîna-t-il sans attendre sa réponse. Je n'aurais jamais dû commenter ta lingerie, ce matin, et encore moins en tirer les conclusions que je t'ai jetées au visage. C'était nombriliste, déplacé, brutal… Tu portes évidemment ce que tu veux. J'ai bien conscience que c'est *pour toi*, et non pour le plaisir de mes yeux. Sincèrement, Alicia, je regrette mes paroles.

Déstabilisée par ce *mea culpa*, elle l'accueillit d'un bref sourire et d'un haussement d'épaules, avant d'être confrontée à l'éternel problème du menu que le serveur lui tendait.

Elle le reposa tout de suite sur la table.

— Je n'ai pas très faim, dit-elle.

— Tut, tut, tut. Tu vas manger, Alicia. Ici, les *scallopini* sont absolument…

— Je ne mange que rarement de la viande, interrompit-elle.

— Vraiment ? gronda-t-il. Depuis quand ?

— Depuis toujours. C'est juste qu'autrefois, au réfectoire du couvent, le choix était limité, mais je me suis toujours débrouillée.

Elle allait se rabattre sur son joker, pensa-t-elle. L'astuce qui, en Italie, fonctionnait partout – la forme la plus répandue de *pasta al sugo* sur un menu :

— Dans ce cas, pour moi, ce sera des spaghettis *al pomodoro*, s'il vous plaît.

Voilà. Personne ne se doutait de ses difficultés de lecture si elle s'en tenait au grand classique, la sauce tomate toute simple – même si elle regrettait souvent de ne pouvoir découvrir d'autres plats.

Lorsque le serveur repartit, elle sourit à son hôte.

— Merci de ne pas m'avoir dénoncée à la direction.

— Tu pensais que j'étais capable de faire ça ?

Elle lui décocha un long regard.

— Le Dante que j'ai connu, non, mais…

— J'étais très en colère, ce matin, concéda-t-il. Si tu avais envie ou besoin de me joindre, tu aurais pu m'envoyer un courriel, m'écrire, me téléphoner… Ou me héler dans le hall de la réception, le jour où tu m'as vu passer.

— Tu étais accompagné, Dante. Je ne pense pas que ta compagne aurait apprécié.

Il la surprit en demeurant de marbre.

— Peut-être pas, admit-il. Mais revenons-en à toi : que fais-tu depuis que tu as quitté la Sicile ?

— Comme toi, j'imagine, répondit-elle évasivement. Je travaille.

— Et… pas de mari ?

— Bien sûr que non ! Tu poses la question, après ce qui s'est passé entre nous ce matin ?

Il rit.

— Disons que… je te vois comme une femme capable de laisser beaucoup de cœurs brisés derrière elle. Je me trompe ?

Alicia haussa les sourcils.

— Tu as eu le cœur brisé, après notre après-midi dans la rivière ?

— Mais, euh, je ne parlais pas de moi, rectifia-t-il. Tu savais que je quitterais Trebordi le lendemain des obsèques, je te l'avais dit… Quant à mon cœur, tu es mieux placée que quiconque pour avoir constaté que je n'en ai pas. Je suis né sans.

— Absolument, confirma-t-elle d'un ton acide, tout en le fusillant du regard.

Son ressentiment n'échappa guère à son hôte et, après avoir observé un bref silence, il interrogea prudemment :

— J'espère qu'il ne t'est rien arrivé, quand je suis parti ? Tu n'es pas tombée enceinte ?

Elle déglutit avec peine et murmura, les joues en feu :

— *Moi, non.* Tu penses bien que si j'avais attendu un enfant de toi, je ne me serais pas manifestée au bout de dix ans. Jamais je n'aurais permis que mon bébé se retrouve dans un dénuement complet pendant que tu paradais chez la jet-set.

La dureté de l'attaque lui déplut.

— Tu n'es guère aimable, Alicia.

— Oui, tu as raison. Je retire ce que je viens de dire.

— À la bonne heure. Tâchons de nous montrer courtois, dit-il en souriant à l'homme en livrée qui déposait sur leur table deux superbes plats.

Alicia fut soulagée de constater que sa sauce tomate n'avait rien de triste : cuits à la perfection, les légumes généreusement saupoudrés de basilic et de parmesan donnaient à ses pâtes une saveur singulière.

— Et tu te plais à Milan ? reprit-il.

— Ça va.

— Tu rentres souvent chez nous ?

Mal à l'aise, elle but une gorgée de vin et répondit :

— Non. Chez moi, c'est ici.

— Vraiment ? s'étonna-t-il en la fixant avec incrédulité.

— Oui. C'est une ville magnifique, tu ne trouves pas ?

— Si, bien sûr, mais alors… Tu ne retournes *jamais* à Trebordi ? insista-t-il.

Alicia ne saurait pas éternellement mentir à propos de Roberto. Elle pouvait éviter le sujet, mais il fallait qu'il cesse d'y revenir.

— Non, lâcha-t-elle d'un ton ferme.

Un sourire malicieux se dessina alors sur les lèvres de Dante.

— Oh ! mais je comprends… Tu as quelqu'un dans ta vie, c'est ça ?

Pourquoi s'acharnait-il à la faire parler de ce qu'elle souhaitait à tout prix dissimuler ? Depuis qu'elle s'était installée à Milan, elle avait souvent rencontré des hommes et accepté un premier rendez-vous. Immanquablement, quand ils la raccompagnaient en bas de chez elle, ils l'embrassaient, et… Après ce premier – ce seul – baiser, Alicia ne donnait pas suite. On aurait dit qu'elle était coincée dans un cycle voué à se répéter. De ce point de vue, elle se sentait proche de Sisyphe poussant son rocher…

— Pas vraiment, non. Je viens de rompre, en fait. Tu sais ce que c'est : nous n'avions pas envie des mêmes choses.

Un demi-mensonge, pensa-t-elle en fixant la flamme de la chandelle posée entre leurs verres. Il y avait un certain temps qu'elle avait analysé le problème. Les hommes qu'elles rencontraient étaient parfois drôles, souvent intelligents, toujours séduisants.

Aucun d'eux n'était Dante.

Même lorsqu'elle enroulait des spaghettis autour d'une fourchette, elle irradiait de sensualité, pensait Dante. Chacun de ses gestes se chargeait d'une intensité inouïe. C'était comme si couvait, dans le corps à la fois frêle et voluptueux de cette véritable sirène, un volcan sicilien – une montagne qui, à tout instant, cracherait un feu liquide, aussi fascinant que ravageur.

— Oui, tu dois certainement être…

Ce n'était pas strictement sexuel. Chez Alicia, la passion embrasait tout, la conversation et les silences compris.

— Je suis certainement quoi, Dante ? interrogea-t-elle en le fixant droit dans les yeux.

Il ne se lassait pas d'admirer cette beauté sauvage, autrement dit ignorante du conformisme. Depuis qu'il travaillait dans les casinos, Dante ne se rappelait pas avoir fréquenté une seule fois une brune. Encore moins une femme « au naturel ». Les créatures qui peuplaient l'intimité de ses nuits étaient presque toujours outrageusement maquillées, blondes et vêtues de façon clinquante. En cet instant, il se demandait pour quelle raison il avait orienté ses goûts dans ce sens.

— Un défi, admit-il d'un ton sec.

— Moi, un défi ? J'en mets autant à ton service ! Tu ne me feras pas croire que les femmes de ta vie te trouvent facile.

— Je voulais dire que… Je suppose que tu n'es pas à la recherche d'une relation éphémère ?

— Je…

Elle rougit et s'humecta les lèvres avant d'enchaîner :

— Je ne sais pas. Tu oublies ce qui s'est passé ce matin.

Dante fronça les sourcils.

— Si nous avions donné libre cours au désir et à nos pulsions, Alicia, tu affirmes qu'ensuite, tu te serais contentée de te rhabiller et de sortir de ma suite ?

— Non. J'aurais voulu dîner avec toi ce soir.

Des paillettes d'or animèrent son immense regard chocolat, et un sourire espiègle se dessina sur ses lèvres si pleines et attirantes lorsqu'elle ajouta :

— Mais tu vois : je n'ai pas eu besoin de coucher avec toi pour que tu m'invites !

Comme il ne répondait pas à cette provocation, elle soupira :

— C'est mieux pour la jeune femme que tu fréquentes.

— Qui ?

— Je ne sais pas. Celle que j'ai vue dans le hall à ton bras…

Une expression horrifiée apparut sur le visage d'Alicia, tandis qu'elle comprenait qu'il n'avait aucune idée de l'identité de la dame en question.

— Tu… Tu ne sais plus qui c'était ? murmura-t-elle.

— Ma foi, non.

Elle lui jeta un regard lourd de reproches.

— Et tu es bien certain de ne pas être avec quelqu'un, en ce moment ?

— C'est une question piège ? s'irrita-t-il.

— À toi de me le dire, accusa-t-elle. Il est encore trop tôt pour que tu saches répondre, n'est-ce pas ? Mais vers 3 heures du matin, devant la roulette d'un casino, entouré de quatre ou cinq femmes payées à…

— En fait, tu as tout faux, *bella*, coupa-t-il. Je ne joue que lorsque je travaille, et je ne mélange pas affaires et plaisir. C'est vrai, mon rôle consiste à être un hôte agréable. C'est ainsi que je mène mes affaires dans les casinos avec succès et que mes investisseurs sont satisfaits.

Sur le visage d'Alicia défilaient de nombreuses émotions, mais une seule le touchait : sa déception.

— Je n'aurais jamais cru que *toi*, Dante, tu te laisserais séduire par l'argent à ce point.

— Tout le monde fait ce qu'il peut pour tracer son chemin et survivre, Alicia, opposa-t-il. Et comme mon père était incapable de remplir cette fonction…

À ces mots, la jeune femme sursauta sur son siège et ouvrit des yeux ronds.

— Tu as retrouvé ton père, Dante ?

La surprise et la joie firent battre le cœur d'Alicia à coups redoublés. Elle dut, hélas, se retenir de sauter au cou de Dante et de l'embrasser, malgré l'envie brûlante qui la submergeait.

Le regard vide, il haussait les épaules.

— C'est plutôt lui qui m'a mis la main dessus, maugréa-t-il.

— Oh ! mon Dieu ! C'est incroyable ! Raconte-moi ça !

Elle frétillait sur sa chaise et avait rejeté sa fourchette dans son plat.

Médusé, Dante la considérait comme un jeune chien en phase d'excitation.

— Que je te raconte quoi ?

— Tu as des frères ? Des sœurs ?

— Un demi-frère.

— Plus jeune ? Plus vieux ?

— Je crois qu'il a deux ans de plus que moi, répondit-il d'un ton plat. Bien qu'il se comporte comme un adolescent trop gâté… Crois-moi Alicia, le vieux proverbe dit vrai : « Méfie-toi de ce que tu souhaites ». Ce n'est pas simple, la famille. Tu as dû t'en apercevoir quand tu as tapé mon nom sur Internet, n'est-ce pas ?

Se servir d'une commande vocale pour obtenir des informations succinctes, accéder à des tutoriels vidéo ou écouter un podcast, oui, Alicia savait le faire. Mais les recherches approfondies, les articles, les notices d'encyclopédie restaient hors de sa portée.

Dissimulant son embarras, elle secoua négativement la tête.

— Ne te fiche pas de moi, répliqua-t-il avec courroux.

— Dante je t'assure que… Dis-moi comment tu l'as rencontré.

— Je n'ai aucune envie d'en parler.

— S'il te plaît…

C'était son rêve, se rappela-t-il. Le sien aussi, d'ailleurs, à l'époque. Durant des heures et des heures, ils avaient fantasmé ensemble, elle à propos de leurs parents inconnus. Ils échafaudaient mille hypothèses pour justifier leur abandon, inventaient des scénarios dignes d'un conte de fées pour les retrouvailles.

Les yeux d'Alicia brillaient de curiosité. Ne pouvait-il lui accorder cette faveur ?

— Eh bien, c'était… conditionné, lâcha-t-il.

Elle fit signe qu'elle ne comprenait pas, et Dante n'avait pas le cœur de lui révéler toute la vérité. Que son père se servait de lui. Et que si l'aîné avait fait ce qu'on attendait de lui, Ricci n'aurait jamais renoué avec son bâtard, le fils d'une femme de petite vertu.

— Je veux dire que je ne lui ai pas fait confiance.

— Tu ne faisais confiance à personne, dit-elle en souriant.

— J'en étais conscient, et j'ai fourni des efforts. Sincèrement, Alicia : j'ai essayé. Mais il m'était difficile d'éprouver de la gratitude, et j'ai rapidement été contraint d'avaler quelques couleuvres.

— Ah ? Lesquelles ?

Dante reprit son verre de vin et en avala une gorgée.

— D'abord, j'ai refusé sa demande de changer de patronyme. En dépit de tout ce que je peux reprocher à ma mère, elle m'a donné le sien, Schinina, qui est désormais le mien. Et durant ma petite enfance, elle s'est plutôt bien occupée de moi. Mon père n'a pas apprécié que je refuse de m'appeler Dante Ricci, au moment où il me présentait ma belle-mère, Giustina, et mon demi-frère, Matteo…

— Ah, tu as également une belle-mère ?

— Oh oui ! s'exclama-t-il avec amertume. Même si je ne parviens pas à la considérer comme telle. Pour moi, c'est seulement sa femme. Celle qu'il a consenti à épouser, laissant ma mère vivre de son « métier », si j'ose dire…

— Tu te souviens que j'ai longtemps cru qu'elle vendait du miel ?

Alicia plongeait son regard chaleureux dans le sien, et il sourit. Un baume tiède et doux se posait sur ses blessures, lorsque rejaillissait en lui l'image absurde de sa mère en apicultrice.

— Mais alors, reprit-elle, qu'a dit ton père à sa femme pour expliquer qui tu étais ?

— La mort apaise tout. Il a attendu que ma mère disparaisse

pour avouer mon existence à Giustina et entrer en contact avec moi. De toute façon, ils forment un couple très désuni. Je crois qu'elle était heureuse qu'il ait des maîtresses, si cela pouvait la délivrer du devoir conjugal…

Alicia lui retourna un regard abasourdi.

— En revanche, poursuivit-il, elle n'a pas vu d'un très bon œil l'ajout d'un nom sur l'héritage. Pourtant, elle et mon père étaient riches : ils possédaient de grands hôtels à Rome et à Florence, mais le problème du *Signor* Ricci, c'était la gestion des casinos. Il était sur le point de tout perdre. En échange d'un appartement et d'un compte en banque, j'ai été envoyé au front. Et fort heureusement…

Il remplit à nouveau son verre, la jeune femme lui faisant signe de ne pas la resservir. Puis il avala une gorgée de ce véritable nectar de trente ans d'âge et annonça triomphalement :

— Mon contrat s'achève cette année.

Mais Alicia, soudain, tourna la tête vers une cliente qui sortait de la terrasse, et se redressa, comme hypnotisée. Plus rien ne semblait exister que la dame en tailleur rose, au chignon d'un blond cendré. Troublé par le mouvement subit de sa compagne, il s'enquit :

— Alicia ?

Elle ne répondit pas. Néanmoins, en une fraction de seconde, elle retomba sur son siège comme si rien ne s'était passé et reporta son attention sur lui.

— Tu abandonnes le travail que t'a confié ton père, alors ? demanda-t-elle.

— Il a eu ce qu'il voulait, rétorqua-t-il sèchement.

Le garçon vint leur proposer dessert et cafés qu'ils déclinèrent, et Dante réalisa qu'Alicia n'avait pas une seule fois prononcé le nom de sa sœur.

— Que devient Béatrice ?

Blême, Alicia parut soudain perdue.

— Je… J'ai perdu contact avec elle.

— Ah bon ? Vous vous êtes disputées ?

Alicia s'était recroquevillée sur son siège et semblait partie à des années-lumière.

— Non. Je t'ai menti, cet après-midi-là, révéla-t-elle.

Il lui retourna une moue perplexe, et elle expliqua :

— Quand tu es revenu pour les obsèques. Tu m'as demandé si nous étions toujours liées, et la vérité, c'est que je ne l'ai plus jamais revue après son départ du couvent.

Impossible ! Depuis leurs treize ans ?

— Quoi ? Mais tu disais que vous passiez votre temps à vous écrire ! Que vous partagiez une correspondance très soutenue, qu'elle suivait des études de droit…

La jeune femme se mordit la lèvre.

— J'ai enjolivé. Exagéré. Un peu. Enfin, beaucoup.

Sidéré, Dante observa un bref silence avant de s'enquérir :

— Bon. Mais alors, à quel rythme vous parliez-vous ?

— Au téléphone ? Jamais. C'était payant, et les nonnes ne le permettaient pas. Je ne sais même pas si le vieux téléphone en bakélite à l'entrée de l'administration était relié à un câble…

Elle souriait, mais Dante ne partageait pas son indulgence pour les gens déterminés à vivre à la Préhistoire.

— Et par écrit ?

— J'ai reçu deux cartes postales.

— Depuis mon départ pour Rome, après les obsèques ? lâcha-t-il, estomaqué. Deux cartes ?

Il lut alors dans le regard mat d'Alicia quelque chose qui lui noua le ventre : un chagrin profond, ancien.

— Non, dit-elle. Depuis le jour où Béatrice s'en est allée.

5.

Dante en était conscient : impossible pour lui de se représenter la peine, le désarroi d'Alicia. Il avait grandi dans la plus complète solitude, sans père, sans frère ni sœur, ignoré par sa mère. À l'école, il tenait le rôle du paria : les autres élèves avaient interdiction d'adresser la parole au rejeton de « l'apicultrice » du village.

Mais au fil de son amitié d'enfance avec Alicia, il avait été certain d'une chose, à son sujet : elle parvenait à se passer de la tendresse de ses parents biologiques et de celle des nonnes *parce qu'elle avait Béatrice.* Avec sa « jumelle », elle partageait tout depuis le berceau. Les jeux, les angoisses, l'apprentissage de la parole et de la marche, puis les mille et une petites choses du quotidien, les mille et une merveilles de l'enfance…

Une telle complicité ne s'enterrait pas aisément.

— Seulement deux cartes, murmura-t-il, sidéré.

La conclusion – la seule possible – s'imposait : pendant qu'Alicia souffrait de cette séparation et ne rêvait que de retrouver sa sœur d'adoption, cette dernière avait tourné la page, s'élançant vers une nouvelle vie.

Comme si elle lisait dans ses pensées, Alicia fronça les sourcils et asséna :

— Nous avons fait le serment de rester toujours amies et de ne pas nous perdre.

Dante soupira.

— Mais vous n'étiez que des gamines…

— Non !

Elle croisa les bras sur sa poitrine avec détermination.

— Et les gens évoluent, insista-t-il. Ils changent, de même que leurs envies, et leurs bes…

— Non, répéta-t-elle, coupant court à sa philosophie de comptoir.

Il avait l'impression de la revoir à onze ans : déjà si butée, si arc-boutée sur ses principes et ses convictions !

— Nous étions trop proches, poursuivit-elle. *C'est ma sœur* et l'absence de lien du sang n'y change rien. Je l'ai cherchée, tu sais. C'est pour cela que je me suis installée à Milan. Chaque week-end, j'allais dans les bibliothèques. J'ai fait toutes les grandes écoles, les universités… J'ai même pris le train pour Rome, puis pour Florence. Je n'y ai rien trouvé non plus.

Dante ne put réprimer un sourire narquois.

— Tu l'as traquée, comme moi ? Alicia, tu es une amatrice. Pourquoi n'as-tu pas recruté un détective privé ? C'est leur métier, ils savent où et comment chercher et ils ont…

— Tout le monde n'a pas tes ressources illimitées ! protesta-t-elle en le fusillant du regard.

— Hé ! Ce que je possède me coûte toute ma sueur, se défendit-il. J'ai travaillé dur à l'école, et depuis huit ans que j'occupe mon poste à la tête de plusieurs casinos, je n'ai jamais pris un jour de congé. Alors ne me joue pas cet air-là, Alicia.

— Je ne joue aucun air, répliqua-t-elle d'un ton désespéré. Je veux juste savoir ce qui est arrivé à Béatrice. Même si…

Sa voix s'étrangla.

— Même si je dois me confronter à une tragédie. Il faut que je sache.

La douleur qu'elle ravalait avait dû la consumer pendant des années, songea-t-il alors que montait en lui une soudaine angoisse. Les deux hypothèses les plus plausibles étaient que Béatrice ait souhaité couper les ponts avec son amie… ou qu'elle soit morte.

— Je vais t'aider, promit-il. Dis-moi tout ce que tu sais d'elle.

— C'est vrai ? interrogea-t-elle avec espoir.

— Dès demain, acquiesça-t-il en ouvrant un fichier de notes sur son smartphone, je demanderai à mon chef de sécurité de mettre quelqu'un sur le dossier. Son nom, c'était Festa ? C'est bien cela ?

Alicia hocha vivement la tête.

— Béatrice Festa. Pas de second prénom ?

— En effet, confirma-t-elle.

— Le nom du collège où elle est partie étudier ?

— Je ne sais pas, mais c'était à Milan. Depuis que j'y vis, j'ai écumé tous les établissements. Soit on m'a menti, soit il en manquait, ou bien… j'ai commis une erreur ?

— Peut-être, on verra. Mais quand tu lui écrivais, tu disposais bien d'une adresse ?

— Non. Je remettais mes lettres aux religieuses. Elles les rangeaient dans une enveloppe, elles se chargeaient de tout.

Dante resta un instant songeur. Pourquoi Alicia ne s'était-elle jamais plainte, autrefois, de cette insupportable ingérence dans sa correspondance ? Même aujourd'hui, elle n'en paraissait guère choquée.

— Hum. Bon. Sa date de naissance ?

— Eh bien, euh, ma foi, balbutia-t-elle, je ne sais pas ce que dit le certificat officiel, parce qu'elle est née quelques heures avant d'être déposée à la « porte aux bébés ».

Sans trahir son inquiétude, Dante nota les dates approximatives que lui communiquait Alicia.

— Quoi d'autre ? interrogea-t-il.

— Elle était très bonne en langues anciennes et en langues vivantes. Mais comme elle avait un esprit rationnel et le goût de la rigueur, j'ai souvent pensé qu'elle choisirait le droit.

— Merci, dit-il en notant.

Relevant la tête vers elle, il s'enquit :

— Et ses parents biologiques ? Elle les a retrouvés ?

— Dante, tu sais très bien que la règle était claire : les religieuses ne nous donnent les renseignements dont elles disposent qu'à notre majorité. J'avais dix-huit ans quand j'ai su…

Leurs regards s'arrimèrent. Oui, il se rappelait tout ce qu'elle lui avait révélé. Une fois encore, leur conversation les ramenait à *ce jour-là*.

La pluie rouge. La rivière. Et surtout, leurs baisers…

— Je vais me débrouiller avec ces éléments, dit-il en rangeant son smartphone et en se levant.

Il devait encore se rendre à un rendez-vous avec deux nouveaux investisseurs pour le casino en bordure d'un lac, sur le versant italien de la frontière avec la Suisse.

— Dante avant de te laisser, dit-elle en relevant vers lui un visage grave, je peux te poser une question ?

— Je t'écoute.

— Qu'est-ce que tu ferais si tu apprenais, des années plus tard, qu'on a trouvé ton bébé à la porte du couvent ?

Dante sentit sa mâchoire se crisper. Alicia était impossible ! Ils venaient d'aborder un sujet grave et douloureux, la disparition étrange de Béatrice, et elle voulait maintenant l'entraîner dans ses espèces de jeux psychologiques sournois et pervers !

— Mais enfin, qu'est-ce que tu cherches à me dire, Alicia, s'emporta-t-il. Quand je t'ai demandé si tu étais tombée enceinte, tu m'as juré que non et…

— Je ne parle pas de moi.

— Bien sûr que si, tu parles de toi !

Il prit une longue inspiration et poursuivit :

— Il s'agit de ton abandon par tes parents biologiques ? C'est ta façon de me faire comprendre que tu as des éléments nouveaux ?

— Non. Je te pose une vraie question. *À toi*. J'aimerais savoir comment tu réagirais si on te révélait que tu as eu un enfant. Tu aurais envie de faire partie de sa vie ?

Durant un instant, Dante ne sut que penser. Peut-être était-il déçu. De toute évidence, Alicia ne s'était donné la peine de le retrouver que parce qu'elle avait besoin d'aide… Mais c'était *Béatrice*, qu'elle cherchait. Pas lui.

Il contempla son expression sérieuse. Oui, elle était en train de nourrir de faux espoirs vis-à-vis de ses géniteurs. Ce qui risquait de très mal finir, d'après ce qu'il savait de ce couple.

— Non, dit-il avec fermeté.

Sidérée par sa réponse, elle secoua la tête, incrédule.

— Tu… Tu ne le penses pas.

— Pourquoi ? Parce que ma réponse ne te convient pas ? s'énerva-t-il.

— Parce que les liens du sang sont plus forts que tout chez les Siciliens, et que…

— Eh bien désolé, pas pour moi, interrompit-il, comme ils franchissaient le seuil du restaurant. Et maintenant, ça suffit, Alicia. Cette conversation ne mène nulle part.

Il lui en voulait d'avoir gâché ce tête-à-tête. D'avoir tout mélangé, sans respecter ce qui les unissait autrefois.

— *Ciao*, conclut-il sèchement sur le trottoir, sans même lui offrir de la raccompagner.

Le lendemain matin, Alicia reçut un appel de Gino, l'homme que Dante chargeait de se mettre en quête de Béatrice. Il lui posa plusieurs questions, vérifia chaque détail avec elle et lui annonça qu'il la recontacterait « très vite ». Chaque jour, elle consulta son répondeur vocal avec anxiété… Mais une semaine s'écoula sans aucune nouvelle ni de Gino ni de Dante.

Il était 5 h 30 du matin, le vendredi, quand Alicia poussa la porte de son immeuble d'une main fatiguée. Ce n'était pas son corps qui réclamait deux jours de repos, non. Son esprit, plutôt. Elle en avait assez de s'accrocher à des gens qui, clairement, ne voulaient plus entendre parler d'elle. Il fallait en finir avec cette vieille obstination ! Lâcher prise !

Elle s'en fit la promesse et décida de retourner sur le site de rencontres qui lui avait déjà permis deux fois de danser et de boire un cocktail – les deux hommes se révélant sympathiques, faute d'être séduisants.

Ce fut précisément le matin où elle prenait cette résolution que Dante apparut en pleine rue, à cent mètres de l'hôtel. Il avait le menton voilé de gris, son costume était froissé.

Alicia ne fit rien pour réprimer un sourire moqueur.

— La nuit a été longue ? Ou trop courte ?

— Éprouvante, répondit-il.

— Tu étais à Lugano, ces derniers jours ?

— En effet. J'ai eu une semaine chargée, mais Alicia, sache que je ne me trouve pas ici par hasard. Je t'attendais. On peut aller s'asseoir ?

Il désigna un banc en fer forgé sur la jolie place, déserte à cette heure indue.

— Non, je vais être en retard, dit-elle.

— Je ne te crois pas. Je suis certain que tu as un bon quart d'heure d'avance.

C'était exact. Mais elle avait peur. S'il voulait lui parler en personne au lieu de laisser Gino lui communiquer le résultat de l'enquête, c'était mauvais signe. Il était arrivé quelque chose de terrible à Béatrice.

Comme elle demeurait indécise, il lui prit doucement la main et l'entraîna vers le banc.

— Les nouvelles ne sont pas bonnes, dit-il, confirmant ses soupçons.

Alicia avait l'impression que son cœur cessait de battre et pourtant, une étrange brûlure irradiait sa poitrine. Les mains larges et douces de Dante caressaient ses paumes, ses doigts, ses poignets.

Il plongeait son regard de velours dans le sien. Un regard inquiet.

— Gino n'a strictement *rien* pu trouver, reprit-il.

— Co... Comment cela ? *Rien* ? lâcha-t-elle dans un souffle.

— *Niente.*

— Mais… Elle a forcément laissé des traces !

— À partir du moment où elle quitte notre île, expliqua-t-il, c'est comme si elle s'évanouissait dans la nature : son nom ne figure nulle part sur les registres scolaires, ni à Milan ni dans le reste de l'Italie.

— Ce n'est pas possible…

— Ni ailleurs ! C'est tout le problème : impossible de tirer le premier fil d'une piste quelconque.

— Mais… Si elle s'est mariée, elle a sans doute pris le nom de son époux, et c'est ainsi qu'elle apparaît sur Internet ?

— Tu penses bien que Gino a épluché tous les registres de mariage. Non, nous aurions trouvé le mariage de Béatrice Festa.

— Et si elle est sous protection militaire ? Ou cachée par les services secrets ?

Dante resta silencieux. Oui, c'était absurde – pourquoi pas enlevée par les Martiens ? Mais il existait forcément une explication ! Au fond d'elle-même, Alicia en était certaine.

Elle sentit la main de Dante serrer la sienne, et un sanglot monta dans sa gorge. Elle savait ce qu'il allait dire.

— Alicia, tu n'as jamais songé que peut-être… Elle n'a pas envie qu'on la retrouve ?

C'était comme quand ils avaient dix et douze ans. Assis sur un banc, main dans la main, l'un s'efforçant de consoler l'autre. Il voulait seulement la soutenir, l'épauler, mais sa pitié lui faisait horreur.

— Oui, admit-elle très bas. J'ai fini par y penser.

— Tu sais… Les gens changent de vie, d'entourage, et ils ne gardent pas forcément de lien avec un passé qui…

Alicia serra les poings et lui décocha un coup d'œil meurtrier.

— Parle pour toi. Tu as une pierre à la place du cœur. Mais Béatrice n'était pas comme ça.

— Je crois que si, justement, dit-il très doucement, portant sa main à ses lèvres pour y déposer un baiser avant de la lâcher.

Surprise par ce geste, elle releva les yeux vers lui. Il souriait avec une sorte d'admiration mêlée d'amitié. Dante respectait son caractère tempétueux, ses réactions excessives – son âme sicilienne.

— De vous deux, ce n'est pas toi qui as le plus insisté pour que la séparation soit provisoire ? enchaîna-t-il.

— Possible.

— Tu ne crois pas qu'il est temps de lâcher prise ?

Le fait qu'il soit parvenu à la même conclusion qu'elle, dans les mêmes termes, lui déchirait le cœur.

— Je ne peux pas. À certains égards, c'est déjà fait : j'ai de bons amis, ici, mon travail me plaît et je mène une vie agréable. Mais chaque fois que je vois passer une fille qui lui ressemble… je me fais rattraper par le passé. Béatrice et moi, nous avons été des sœurs l'une pour l'autre, des sœurs sans parents : ce n'est pas un lien qui s'efface, Dante. Oui, c'est vrai, il faudrait lâcher prise. Mais on ne fait pas toujours ce qu'on veut. Malgré moi, je la cherche et je continuerai à la chercher.

— Tu… Tu es sérieuse ? Tu veux continuer ?

— Oui.

Pour la première fois depuis qu'ils étaient là, elle remarqua une trace de rouge à lèvres sur la joue de Dante. Il sentait la vanille et la rose : un parfum féminin. Certes, il *travaillait* dans les casinos qui faisaient sa fortune, mais…

— Bon, en tout cas, je te remercie d'avoir essayé, conclut-elle en se levant.

— Tu ne viens pas de dire que tu souhaitais continuer ? s'étonna-t-il.

— Mais puisque Gino…

— Assieds-toi, ordonna-t-il.

— Je n'ai plus le temps, Dante. Je vais être en retard.

— Tu seras en retard, pour une fois, insista-t-il en lui prenant la main avec autorité. Écoute-moi. Béatrice est forcément quelque part. Gino a un détective qui suggère que tu l'accompagnes à…

— Non, coupa-t-elle, sachant pertinemment ce qui allait suivre. Il n'en est pas question. Je ne retournerai pas là-bas.

Stupéfait, Dante la dévisagea.

— Même pas pour Béatrice ? Tu réalises que les nonnes ont au moins le nom et l'adresse de l'établissement où elle a été scolarisée après son départ !

Agacée, Alicia leva les yeux au ciel.

— Je leur ai posé la question cent fois, Dante !

— J'imagine, oui, mais l'insistance d'une adolescente butée n'a rien à voir avec la recherche rationnelle et justifiée d'une adulte indépendante… Elles ne pourront plus t'intimider, désormais. Encore moins si tu es accompagnée d'un professionnel.

— Je ne retournerai pas au couvent. Et d'ailleurs je ne remettrai plus les pieds en Sicile. C'est clair ?

— Alicia, tu me caches quelque chose ! On t'a fait du mal, et je veux que tu me dises…

— Inutile d'imaginer des sévices médiévaux ou des brimades ! s'exclama-t-elle. Je te le répète, j'ai grandi dans un couvent strict, oui, mais j'y ai reçu une excellente éducation et j'ai toujours été bien traitée.

— Alors dans ce cas, il n'y a pas à hésiter : fonce ! Surtout que… Je dois y aller. Je veux que tu m'accompagnes.

Dante avait longuement réfléchi, au cours de la semaine écoulée depuis sa rencontre avec Alicia. Il fallait qu'elle vienne avec lui.

— Tu veux retourner sur l'île ? interrogea-t-elle, visiblement stupéfaite.

— Non, pas à Trebordi. En Sicile. J'ai besoin de ton aide. Viens avec moi, et en échange, je ferai en sorte que nous obtenions les renseignements dont tu as besoin pour retrouver Béatrice.

— Je rêve… Tu as affirmé que tu souhaitais m'aider, et maintenant, tu me fais du chantage ?

— Oh ! pas de mélodrame, s'il te plaît… J'ai dit à mon père et à sa famille que je souhaitais les voir ce week-end, et que j'allais leur présenter quelqu'un.

La jeune femme le fixa, médusée.

— Pourquoi as-tu raconté ça ? Et pourquoi moi ?

Sur le moment, c'était si évident dans son esprit, si limpide que maintenant face à elle, il ne savait quel argument avancer. Irrité, il admit :

— Je n'aurais pas dû aller si vite… Désolé. Parce que j'ai pensé que la pilule serait plus facile à avaler ainsi. Je souhaite me retirer des affaires de mon père, saisir enfin ma chance d'être indépendant. Il ne manquera pas de proposer le renouvellement de mon contrat, alors, euh… Mon refus serait mieux compris si j'ajoute que je compte m'installer en Sicile. Avec toi.

Il sourit et ajouta :

— J'ai précisé que tu étais une vraie Sicilienne : une vraie tête de mule, et très exigeante.

— Le compliment me va droit au cœur, ironisa-t-elle froidement, mais je te suggère de recruter une actrice.

— Alicia, tu es ma meilleure chance de liberté. Et il est hors de question que je permette à une étrangère de nous connaître dans l'intimité, moi et ma famille !

Elle garda le silence un petit moment, avant de pousser un long, très long soupir.

— Incroyable, murmura-t-elle. Tu leur as déjà dit que je serais là, n'est-ce pas ?

— Je te l'ai dit, j'ai été rapide.

Finalement, elle n'était pas la seule à céder à la tentation des petits mensonges, pensa-t-il. Lui avait-elle transmis cette manie ? Ou au contraire, était-ce lui qui l'avait contaminée, autrefois ?

— Allez, s'il te plaît, ce n'est pas la mer à boire… Juste

un dîner en famille samedi soir. Tu verras, l'île d'Ortygie est le plus beau quartier de Syracuse. En échange, je mets tout un escadron d'enquêteurs à la recherche de Béatrice.

Comme elle ne répondait pas, il passa son bras autour de ses épaules et chuchota :

— Tu es une Sicilienne. Comme moi. En refusant de retourner chez toi, tu ne fais pas preuve de volontarisme : tu fuis. Un week-end. Tu ne connais pas Syracuse et je suis certain que tu seras émerveillée.

Elle demeurait pensive.

— Peut-être…

— Une garde-robe complète est offerte avec le voyage.

— Ah.

Bon sang, n'importe quelle autre femme aurait bondi de joie… il aurait dû s'en douter : pas la seule qu'il souhaitait convaincre !

— Pour être clair à propos de la comédie à jouer, sache que cela n'ira pas loin. On ira se promener, et s'ils sont là, il faudra se tenir par la main, échanger quelques regards d'amoureux transis pour le…

— Et coucher ensemble ? interrogea-t-elle d'un ton direct, plongeant son immense regard brun dans le sien.

— Mais, euh… Oui, pourquoi pas ? Nous sommes très doués à cet exercice et quand tu es venue dans ma suite, pour ma part, j'aurais volontiers…

— Je plaisantais, Dante, coupa-t-elle.

Horrifié par sa réplique, il lâcha :

— Hein ? Tu ne veux pas de moi ?

Elle sourit.

— Je veux beaucoup de choses, Dante. Mais mon enfance dans un couvent m'a au moins appris à ne pas céder à toutes les tentations. Tu n'as pas oublié que je suis « très exigeante » ?

Pourquoi, pourquoi fallait-il qu'elle complique *toujours* ce qui semblait simple ? Ravalant sa déception, il haussa les épaules.

— Pas de sexe, alors. Aucun problème.

Elle portait une robe blanche à rayures roses très simple, mais la forme tunique, sans décolleté ni ouverture, l'empêchait d'apercevoir sa peau. Sa magnifique chevelure noire était nouée en chignon serré, puisqu'elle s'était préparée à aller travailler… Il se contenta de la regarder et d'effleurer sa nuque de ses doigts avides.

— Et nous ne partagerons pas le même lit, reprit-elle avec détermination.

— Comme tu voudras. Nous séjournerons dans une suite à l'hôtel, Alicia : tu auras ta chambre. Et notre avion partira à midi, ce qui te laisse une bonne demi-journée pour faire les meilleures boutiques de Milan.

Il sortit son smartphone afin d'envoyer un message à son assistante et précisa :

— Nina est une spécialiste de la mode, elle va t'accompagner, te conseiller et régler la note pour moi.

— Voyons, Dante, je travaille !

— Appelle ton responsable, et dis que tu es malade. Je parie que tu es une employée modèle et que tu n'as jamais pris une journée.

En effet. L'hôtel parviendrait à se débrouiller sans elle durant une journée. Il ne s'agissait que d'un week-end, pensait-elle. Si elle passait un peu plus de temps avec lui, peut-être parviendrait-elle à trouver le courage de lui parler de son fils ?

Il le fallait. Elle avait besoin de comprendre comment le seul homme qu'elle ait aimé avait osé faire une chose pareille : abandonner son propre enfant, et… l'empêcher de penser à leur étreinte magique sans souffrir. L'humiliation et la jalousie la dévoraient encore, dix ans après.

Alicia prit son téléphone au fond de son sac, et annonça à la gouvernante qu'elle avait de la fièvre : elle ne viendrait pas aujourd'hui.

— Le médecin vient de partir, il m'a prescrit des antibiotiques, conclut-elle.

Pour son soulagement, sa cheffe se montra compréhensive et pleine d'empathie.

— Ne vous inquiétez pas et prenez soin de vous, Alicia, je vous ferai remplacer jusqu'à mardi. Vous me donnerez des nouvelles la semaine prochaine, d'accord ?

Après avoir raccroché, elle leva un regard anxieux vers Dante.

— J'étais crédible, à ton avis ?

Dante lui décocha un sourire railleur.

— J'étais sur le point d'appeler une ambulance.

— Enfin ! s'exclama Dante en la voyant courir sur le tarmac en direction du jet.

Un steward courut à sa rencontre pour prendre ses valises, et Dante retrouva ses bonnes manières en lui souriant pour l'inviter à le précéder dans l'appareil.

— Tu es splendide, déclara-t-il. Mais je commençais à croire que Nina et toi vous étiez endormies dans une cabine d'essayage.

— Aucun risque, répliqua-t-elle en songeant au rythme infernal qu'elles avaient tenu, d'une boutique à l'autre.

Après avoir vécu un demi-siècle à Milan et fréquenté toutes sortes de soirées mondaines, Nina était une véritable perle en tant que conseillère vestimentaire. Grâce à son œil expert et à ses conseils, Alicia se retrouvait avec deux luxueuses valises remplies des tenues dont elle rêvait, adolescente, en feuilletant le magazine offert par la mère de Dante. Pour la première fois de sa vie, elle allait porter des vêtements neufs – dans lesquels elle se sentait neuve, elle aussi.

— J'aime beaucoup cette robe, ajouta-t-il en la détaillant de la tête aux pieds.

— Merci.

Droite et simple, la robe jaune pâle ensoleillait son teint mat avec une sobre élégance. Alicia avait remonté ses cheveux en queue-de-cheval, et elle baissa les yeux, ravie, sur ses sandales à talons hauts qui lui faisaient des jambes divines. Les brides en cuir blanc et jaune se mariaient à la perfection avec la robe et son adorable petit sac tressé.

Elle avait accepté toutes les suggestions de l'assistante, sauf une : alors que Nina insistait pour sélectionner au moins deux shorts, indispensables sur un bateau, d'après elle, Alicia avait tenu bon. C'était non. En quittant le couvent, elle avait été heureuse de porter des minijupes et des jeans moulants avant de réaliser que ce n'était pas son style. Un paréo sur le bikini ferait l'affaire si Dante l'emmenait effectivement en mer, ou bien le ravissant petit pantalon forme carotte qui dissimulait la rondeur de ses hanches, comme par magie.

— N'oublie pas, reprit-il lorsqu'ils entrèrent dans la cabine. Pour ma famille, tu aimes porter des vêtements qui *me* font plaisir.

Alicia n'avait jamais pris l'avion, mais elle sut mesurer le luxe du jet en s'installant dans un immense fauteuil en cuir, face à Dante qui se contorsionnait pour sortir un écrin de sa poche.

Un écrin en velours.

— Ah non, prévint-elle. Je ne porterai pas une fausse bague de fiançailles.

— Ça tombe bien, railla-t-il en lui tendant l'objet, un sourire réjoui aux lèvres.

Elle vit briller deux rubis, sur les pendants en argent, et sentit son cœur battre plus vite.

— Tu as les oreilles percées et je ne te vois jamais porter de boucles…

— Parce que j'ai perdu un de mes anneaux, souffla-t-elle en soulevant les bijoux délicats pour voir la lumière filtrer à travers les pierres.

Les avait-il choisis en pensant à la même chose qu'elle ? Le rouge du rubis et sa forme en ogive rappelaient le plus beau vitrail de l'église où avaient été célébrées les obsèques de sa mère, *ce jour-là*. L'argent massif serpentait comme leur rivière…

— Elles sont très belles. Je les porterai demain soir, dit-elle, touchée.

Il hocha la tête.

— Tu aimais tant tes boucles d'oreilles…

Lorsque l'appareil décolla, elle enfonça ses ongles dans le cuir des accoudoirs, et Dante expliqua gentiment :

— J'ai souvent besoin de louer un jet, et le seul inconvénient, c'est qu'on sent davantage la pression du décollage et de l'atterrissage. Mais sois tranquille, ça ne dure pas. Du reste, le vol ne prendra que deux heures.

Elle hocha la tête et poussa un long soupir de soulagement dès que l'appareil atteignit son altitude de croisière.

— Je ne veux pas que tu te berces d'illusions, Alicia, reprit soudain Dante.

— À quel sujet ?

— Eh bien… Parmi les nombreuses explications au silence de Béatrice, il peut y avoir la pire.

Alicia déglutit lentement. Cette crainte la traversait régulièrement.

— Je *veux* savoir, répondit-elle avec conviction.

Elle devait avoir exprimé sa résolution avec excès, car Dante fronça les sourcils et rétorqua :

— Et moi, tu sais ce que j'aimerais savoir ?

— Non, quoi ?

— Pourquoi tu m'en veux tellement. On dirait que tu me détestes.

— Je ne te déteste pas, assura-t-elle.

— Si. Allons, sois franche, Alicia.

Elle n'était pas prête à lui parler de Roberto, pensa-t-elle en s'efforçant de dominer un début de panique.

— Nous étions amis, insista-t-il. Des années plus tard, quand je suis revenu quelques jours sur l'île, nous avons été amants, sachant que c'était une aventure sans lendemain. Et après une décennie, quand je te retrouve, tu me mens, et je sens en toi une aigreur incompréhensible, Alicia.

— Pas du tout.

— Si. Alors avant de nous lancer dans notre petite mise en scène, j'aimerais que tu craches le morceau : pourquoi cette animosité ?

Pour la première fois de sa vie, Alicia aurait préféré se trouver dans le bureau de la mère supérieure : Dante la plaçait dos au mur, et un tissu de petits mensonges ne la sauverait pas.

— On parlait beaucoup de toi, au village, rappela-t-elle.

Il secoua lentement la tête.

— Je sais. On aimait me prêter toutes sortes de crimes ou de vices… J'ai dû apprendre à ne pas écouter. Tu te souviens sans doute que je t'ai suggéré plusieurs fois de faire comme moi ?

— Oui.

— Et malgré cela, tu as cru à ces ragots ?

— Je ne sais pas. Peut-être ceux qui ne *nous* concernaient pas, dit-elle, profondément mal à l'aise.

— Bon. Et ?

À quoi jouait-il ? Croyait-il sincèrement que personne n'aurait remarqué, sur l'île, une femme seule et enceinte ? Les nonnes s'empressaient d'avertir le maire lorsqu'elles trouvaient un bébé abandonné devant la porte – c'était la loi. Les services sociaux enregistraient les démarches de la police, l'administration conservait copie de toutes ces informations.

— Puis-je savoir quels ragots me valent tant de défiance de ta part ? gronda-t-il. On nous a vus dans la rivière, c'est ça ?

— Non ! Ce n'est pas à propos de *nous*, répéta-t-elle, exaspérée qu'il fasse mine de ne pas comprendre.

Furieuse, elle tourna la tête vers le hublot, lui signifiant que le sujet était clos.

— Une vague rumeur. Je n'aurai droit à aucune autre

explication. Merci, Alicia, conclut-il d'un ton glacial, avant de se lever pour prendre un autre siège.

Oh ! bon sang… Il y avait dix ans qu'elle interdisait à cet après-midi-là de remonter à la surface de ses souvenirs, et c'était peine perdue. Dante avait été son premier – et son seul – amour.

Puisqu'ils rentraient tous deux en Sicile, mieux valait qu'elle affronte le passé. Fermant les yeux, elle revit les derniers moments qu'ils avaient partagés là-bas…

6.

Sicile, dix ans auparavant.

Au village, on appelait le sirocco « le vent qui rend fou ». Si, par malheur, il soufflait un jour de funérailles… Alicia ne devait pas s'étonner de souffrir d'une fébrilité tenace, aujourd'hui.

Les sables chauds portés depuis l'Afrique rendaient plus irrespirable encore l'atmosphère estivale sicilienne : pour ne rien arranger, la jeune femme qui, d'ordinaire, tolérait les excès climatiques de son pays, avait atrocement chaud. L'horrible culotte montante couleur chair, et l'espèce de soutien-gorge qui harnachait tout son buste n'arrangeaient rien. Aux enterrements, on portait des bas noirs, été comme hiver, et Sœur Angélique lui avait déniché, en guise de tenue de deuil, une robe à manches longues aux broderies effilées et à doublure épaisse.

L'avant-veille, comme chaque année, Alicia avait célébré son anniversaire en petit comité, avec les religieuses – pas de carte de Béatrice, cette fois non plus. Mais avant de la regarder souffler les bougies sur son gâteau, en plus du livre qu'elle lui offrait par tradition, la mère supérieure lui avait remis un paquet « envoyé depuis le village ». La mère de Dante n'y avait joint aucun message, mais avec les protections périodiques, Alicia découvrit une petite boîte plate dans un papier-cadeau doré. Il s'agissait d'un miroir de poche. Un objet raffiné, avec le dessus représentant une belle dame décoiffée, une face intérieure en émail et dessous, l'inscription. Une inscription qu'elle passa de longues heures à tenter de déchiffrer, sans y parvenir.

Ce soir-là, Alicia avait longtemps pleuré sur son lit. Quatre ans plus tôt, Ragno était parti pour Rome où il espérait trouver son père. Alicia se sentait seule. L'absence de son ami était d'autant plus difficile à supporter qu'elle ne recevait aucune nouvelle de Béatrice.

Et désormais, la *Signora* Schinina était morte. Certes, Alicia ne la connaissait pas. De plus, elle désapprouvait la façon dont elle traitait son fils du temps où elle en avait la pleine responsabilité. Sa disparition l'attristait, pourtant.

Même après le départ de Ragno, cette femme étrange avait continué de lui envoyer, chaque mois, serviettes et tampons hygiéniques. Sans note, sans explication.

Le fait de recevoir le dernier alors que la malheureuse venait de décéder… Alicia en était troublée. Ce cadeau d'anniversaire prenait une dimension mystique, comme un signe de l'au-delà.

Comme elle affrontait les rafales légères et brûlantes du sirocco en quittant le couvent, Alicia croisa deux religieuses.

— Mes Sœurs, dit-elle respectueusement, en les saluant de la tête.

— Tu te rends aux obsèques, finalement, Alicia ? s'enquit Sœur Catherine.

— Oui.

D'un geste de défi, elle leva son panier et, désignant le contenu, lança :

— J'ai fait des pâtisseries.

— C'est généreux de ta part, ma fille. J'ai prié pour l'âme de cette malheureuse, et dès que le vent soufflera moins fort, j'irai à l'église allumer un cierge.

En dépit de ces belles paroles, Alicia devinait tout le mépris en lequel Sœur Catherine tenait la *Signora* Schinina qui n'avait jamais eu sur l'île ni amis ni voisins assez polis pour la saluer.

Elle reprit son chemin. La coutume voulait que tous les citoyens signalent le deuil d'un des leurs par un brassard noir. Les échoppes auraient dû être fermées, les rideaux tirés aux fenêtres des maisons… Il n'en était rien. Alicia passa devant le magasin du fleuriste, la boucherie, la mercerie. Par la porte ouverte du bar, elle entendit les rires gras de quelques consommateurs éméchés, et son ressentiment vis-à-vis de ces gens sans cœur l'empêcha de trop anticiper les retrouvailles.

Car forcément, *il* serait là.

Elle allait revoir Ragno.

— Ah ! Alicia, te voici, déclara en souriant le prêtre de la paroisse.

— Oui, mon Père.

Sur le parvis de la petite église se tenaient, autour du médecin ayant constaté la mort par crise cardiaque de la *Signora* Schinina, quatre ou cinq inconnues ; des dames très belles, qui ne pouvaient être que des *apicultrices* d'autres villes.

— Le service que je vais célébrer est une bénédiction au tombeau et non une messe, annonça le prêtre. *Signora* Schinina s'est montrée très précise dans ses vœux, et je tiens à les respecter.

Alicia était surprise. Ce type de célébration était rare.

— On y va ? proposa-t-il.

Le prêtre fit signe aux hommes des pompes funèbres de porter le cercueil, avant de se retourner vers elle.

— Mon enfant, si tu veux faire une prière dans l'église au préalable, tu as quelques minutes. Tu y trouveras son fils, qui se recueille.

— Non, j'ai déjà prié, mon Père. Je vous suis.

Son ami venait de perdre sa mère, et elle préférait attendre qu'il soit prêt à la retrouver plutôt que d'interrompre son recueillement.

En procession, la maigre troupe s'engagea sur le sentier

qui, depuis la nef, menait jusqu'au cimetière. Il fallait gravir la colline or, par une journée aussi étouffante, la courte distance prenait l'allure d'un chemin de croix. Avantage de la jeunesse, Alicia arriva la première.

Devant l'emplacement prévu pour la tombe, elle s'arrêta et contempla la vue. Depuis ce belvédère, les vitraux de la chapelle étaient frappés par le soleil, et celui qui dominait l'ogive flamboyait d'un rouge carmin.

Le cœur battant, elle regarda les hommes en costumes noirs soulever le cercueil de bois clair. Puis, une cinquième silhouette masculine surgit dans son champ de vision. Veste et pantalon anthracite, souliers brillants, chevelure épaisse et rebelle… Toujours grand et svelte, il avait étoffé sa musculature de façon phénoménale ! Sa démarche volontaire était celle d'un roi : il n'avait rien perdu de sa fierté, et il s'était métamorphosé en jeune dieu de l'Olympe.

Alicia retint son souffle. Tout ce qu'on racontait au village était donc vrai : le fils de l'apicultrice avait changé de vie, à Rome. Il suivait des études supérieures de commerce tout en travaillant dans un bar d'hôtel, et collectionnait les conquêtes féminines. Certains prétendaient l'avoir aperçu la veille au soir, débarquant du ferry en compagnie d'une femme riche et âgée. D'autres prétendaient qu'il faisait danser une jeune bimbo blonde dans un night-club de la petite ville voisine…

Immédiatement, elle sut qu'elle se trouvait face à Dante et que plus jamais elle ne l'appellerait Ragno. L'enfant sauvage s'était volatilisé au bénéfice de celui qu'on surnommait « le play-boy carnassier ».

— Merci d'être venue, Alicia, dit-il, tandis que tous se positionnaient autour de la tombe.

Il avait vingt ans, calcula-t-elle. Et il était beau à en tomber par terre.

— Évidemment, je suis venue, répondit-elle avec sobriété.

Après lui avoir offert ses condoléances, elle l'embrassa, mais leurs joues ne se touchèrent pas.

— Peut-on commencer ? interrogea le prêtre. Ah, mais non, un instant…

Tout le monde suivit son regard. Sur le sentier apparut soudain le fleuriste. Ainsi que le fils du fleuriste. Alicia sourit : ils avaient donc fermé respectueusement boutique ! Puis, le facteur et sa femme s'avancèrent. En fin de compte, une douzaine de citoyens de la ville se joignirent à leur cercle pour partager l'ultime hommage à la défunte.

Le cœur battant, Alicia ne put s'empêcher de songer à ses promenades défendues avec Dante, dans le cimetière. Ils cherchaient vainement, l'un et l'autre, à identifier un caveau, une tombe – et donc un nom. Celui de leur famille. Leur enquête vouée à l'échec leur paraissait alors très sensée. Elle le laissait lire à haute voix, puis elle mémorisait tout.

Carmella Anna Schinina n'avait pas souhaité rejoindre ses ancêtres, et serait mise en terre seule – avec ses zones d'ombre, ses mystères. Un jour, Dante lui avait révélé un secret :

— *Elle voulait me laisser à la « porte aux bébés ».*

— *L'important, c'est qu'elle ne l'ait pas fait.*

— *Elle le regrette.*

— *Non, je suis sûre que non.*

— *Si, elle me l'a dit ! Plein de fois !*

Aujourd'hui, le fils dont la *Signora* Schinina ne voulait pas écoutait le prêtre recommander sa mère au pardon et à la miséricorde…

Alicia essuya les larmes qui perlaient au coin de ses yeux. La célébration fut de courte durée.

Le panier de pâtisseries d'Alicia restait intact, et elle ne savait qu'en faire. Personne n'avait songé à organiser une réunion après l'enterrement. Et avec cette chaleur, impossible de rester dehors. Même sous les cyprès du cimetière, on brûlait : chacun était reparti de son côté.

Dans un silence de plomb, Dante avait écouté les paroles de pardon et d'indulgence du prêtre, mais dès que les hommes en noir avaient descendu le cercueil dans sa fosse, il s'était éclipsé.

Il n'y avait qu'un endroit où il avait pu aller. Sans hésiter, Alicia se rendit à la rivière qu'elle longea jusqu'à la petite crique où ils avaient leurs habitudes, autrefois.

— Laisse-moi seul ! annonça son ami d'une voix où perçait une inconsolable douleur.

Assis sur le vieux tronc qui permettait de passer d'une rive à l'autre, il avait ôté sa veste et ses chaussures. Les manches de sa chemise roulées sur ses avant-bras, il trempait ses pieds dans l'eau et tenait une bouteille de vin à demi pleine.

En s'approchant, elle vit ses yeux rougis. Il avait pleuré. Beaucoup.

— Ta mère méritait une veillée, opposa-t-elle. Regarde ! J'ai préparé des beignets de ricotta et des gâteaux à la crème de citron…

Fièrement, elle brandit son panier.

— Je n'ai pas faim.

Alicia le rejoignit en le couvant d'un regard réprobateur.

— Je n'aime pas quand tu prends cette posture de mère supérieure, ronchonna-t-il.

— C'est souvent efficace, répondit-elle en riant.

Puis elle ajouta avec douceur :

— Je savais que je te trouverais là. Tu as envie de nager ? Une compétition ?

Il parut tellement scandalisé par cette suggestion qu'elle dut lutter pour rester impassible.

— Sûrement pas ! Je n'ai plus l'âge pour ces jeux d'enfants… Du reste, je pensais que la rivière serait à sec.

— Il y a eu de gros orages la semaine dernière.

Comme il ne répondait pas, elle posa son panier sur la rive, ôta ses chaussures et ses bas noirs, puis se contenta de venir s'asseoir à côté de lui. L'eau fraîche sur ses jambes en feu était si bienfaisante qu'elle réprima un soupir de plaisir.

— Je suis désolée, je ne sais vraiment pas quoi dire, avoua-t-elle tout bas.

— C'est normal. Il n'y a rien à dire.

— La bénédiction était belle, non ?

— Non, asséna-t-il.

— Moi, je l'ai trouvée réussie. Et puis je voulais te dire… Tu sais, même après ton départ, elle n'a jamais manqué de m'envoyer un paquet chaque mois.

Cette fois, il se tourna vers elle et la dévisagea avec curiosité.

— C'est vrai ?

Elle confirma d'un hochement de tête et ajouta :

— Pour que les nonnes ne soient pas tentées de m'en priver, elle y glissait toujours un ex-voto, une image pieuse. Parfois, j'avais droit à une attention de plus, un savon parfumé ou un déodorant. Et… Le dernier est arrivé avant-hier. Elle a dû l'envoyer juste avant… Enfin, voilà. Et j'y ai trouvé un cadeau pour mes dix-huit ans. J'étais touchée, et…

— Elle t'aimait bien, dit-il d'un ton pensif.

— Pourtant, elle ne m'a jamais parlé. Je l'ai juste aperçue une ou deux fois.

— Oui, mais elle savait ce que c'était, de grandir au couvent.

— Comment cela ? Elle y a été, elle aussi ? s'étonna Alicia.

Il acquiesça.

— Ses parents ne pouvaient plus la nourrir, et ils l'ont abandonnée là quand elle était petite. Je doute fort qu'elle y ait laissé le souvenir d'une petite sainte ! Elle a récolté des relevés de notes calamiteux… C'est dommage. Elle avait une intelligence vive. Les choix qu'elle a faits ne le reflètent pas, alors qu'elle avait un esprit perspicace et de la subtilité.

— Et elle était si belle ! renchérit Alicia. C'est la plus belle dame que j'aie vue de ma vie.

— Circonstance aggravante, persifla son ami. Elle avait tout : une tête solide et de l'allure. Ça lui ouvrait de nombreuses portes, et…

Il s'interrompit, et un ange passa.

— Quelle femme étrange, acquiesça-t-elle.

Une mère qui avait été plutôt dévouée à son enfant, jusqu'au jour où elle ne s'en était plus occupée du tout, le livrant aux fugues nocturnes et au vol de poules…

— Au moins, maintenant, je n'aurai plus à m'inquiéter pour elle, conclut-il d'un ton bravache.

— Ah ? Tu t'inquiétais ? demanda-t-elle.

Il lui retourna un regard qui lui serra le cœur.

— Chaque jour de ma vie, je me suis fait un sang d'encre à son sujet, avoua-t-il.

Alicia eut honte de ce qu'elle éprouvait. D'après les sœurs, il n'était pas permis d'en vouloir aux morts et cependant, elle ne parvenait pas à absoudre la mère de Dante du poids qu'elle avait fait peser sur un petit garçon innocent et seul.

— Et… Tu as trouvé ton père ? s'enquit-elle.

— Non.

Il secoua la tête avant de lui retourner un regard brillant.

— Et toi ? Est-ce que tu as enfin pu obtenir les informations à propos de tes parents ?

— En quelque sorte, dit-elle, ébauchant un sourire triste. Pas leur nom. Mais la semaine dernière, l'abbesse m'a révélé ce qu'elle savait. Un an après m'avoir laissée à la « porte aux bébés », ma mère a téléphoné au couvent. Elle et mon père habitaient en Sicile, à environ une heure de Trebordi. Ils étaient très jeunes, ils avaient eu peur, et ils voulaient juste s'assurer qu'on s'occupait bien de moi.

Dante la fixait avec une attention soutenue.

— Tu les as rencontrés ?

— Non. Sachant que j'atteignais la majorité, l'abbesse les a appelés il y a quelques jours. Ils se sont mariés peu après ma naissance, et…

Alicia lutta pour retenir un sanglot en avouant :

— Ils ont fondé une famille. *Leur* famille. Ma mère

biologique a prié la mère supérieure de ne plus jamais l'importuner à mon sujet.

Dante accusa le choc avant de rétorquer avec virulence :

— Mais leur nom ? L'abbesse le connaît !

— Sûrement, mais elle affirme qu'elle disposait seulement des coordonnées de leur avocat… Je ne sais pas qu'en penser. En tout cas, selon elle, je ferais mieux de « ne pas ouvrir cette boîte de Pandore », pour la citer.

Dante hocha silencieusement la tête.

— Elle n'a pas tort. Tu es bien mieux sans ta famille, asséna-t-il.

— Non.

— Je t'assure que si. Ils ne te méritent pas, Alicia. Au fait…

Il se tourna vers elle et lui sourit d'une façon qui la surprit. Toute émotion négative avait fui ses traits : son visage n'exprimait que joie et gratitude.

— Tu ne peux pas savoir à quel point je suis heureux que tu sois venue. Et merci pour ce que tu as préparé.

Il désigna le panier sur la rive, et elle sourit, amusée.

— Ça va finir par nourrir les oiseaux.

— Ou Béatrice ? Elle est revenue, finalement ? Elle a dû finir le lycée, n'est-ce pas ? Est-elle déjà inscrite à l'université ?

Alicia détourna les yeux et se mordit la lèvre.

— Oui, elle a déposé son dossier d'inscription, mentit-elle.

— Pour quelle discipline ?

— Le droit, bien sûr ! Elle est tellement douée… Elle m'écrit tout le temps.

— Tant mieux.

— Nous partagerons bientôt un appartement, j'espère, ajouta-t-elle.

— Ah oui ? Formidable. Tu vas revoir ta jumelle bientôt, alors ?

Mieux valait changer de sujet, pensa-t-elle. Ses joues étaient rouges de honte, mais sous une telle chaleur, cela ne trahissait rien.

— Et toi ? demanda-t-elle. Toujours à Rome ?

— Toujours, oui.

Un bref silence pesa entre eux.

— Et tu ne comptes pas revenir t'établir ici ? questionna-t-elle d'une voix hésitante.

— Non. Je n'ai que de mauvais souvenirs, sur cette île maudite.

— C'est très aimable pour moi, merci ! protesta-t-elle, blessée.

Levant les yeux au ciel, il se mit à rire et précisa :

— À une exception près, évidemment ! Comment peux-tu en douter ?

— Alors je suis un bon souvenir ? insista-t-elle.

— Oh ! bon sang, Alicia… Pourquoi faut-il toujours tout souligner trois fois, avec toi ?

Il se leva et déboutonna sa chemise.

— Je n'ai pas fermé l'œil la nuit dernière, soupira-t-il. Ni la précédente.

Comme il retirait son pantalon, une boîte de préservatifs tomba d'une poche.

— Ah oui… Je comprends pourquoi, railla-t-elle.

— N'y touche pas, s'il te plaît, plaida Dante en se baissant pour les ramasser.

Depuis qu'il travaillait au bar avec Gino, son colocataire à Rome, celui-ci ne cessait de le pousser à se montrer plus entreprenant avec les femmes. Un soir, c'était un magazine coquin posé sur sa table de nuit, le lendemain, un journal ouvert à la rubrique des petites annonces… Et maintenant, des préservatifs.

— Mais si, laisse-moi regarder ! s'exclama-t-elle en les attrapant avant lui.

Puis, un sourire frondeur aux lèvres, elle compta :

— Un, deux, trois, quatre… Seulement quatre ? La boîte indique qu'ils sont vendus par douze ! Eh bien, dis donc, tu mènes une vie beaucoup plus passionnante que moi !

Si elle savait combien elle se fourvoyait ! Seulement, dans ce satané village, on avait voulu lui coller une étiquette de tombeur dès ses douze ans. Il fallait à tout prix que le bâtard de l'*apicultrice* soit obsédé par les filles et le sexe. « Le play-boy carnassier »... Quelle idiotie ! Ces gens-là n'avaient ni le sens de l'honneur ni celui de l'imagination. Dante aurait préféré qu'on lui brode une légende de bandit de grands chemins. En tout cas, aucun autre garçon que lui, sur l'île, ne portait plus mal son surnom.

Voir tous ces hommes entrer chez sa mère l'avait écœuré du contact physique. Il s'était mis très jeune à éviter d'échanger des bises ou une poignée de main, et l'absence de tendresse de sa mère ne lui manquait pas. C'était même elle qui, parfois, lorsqu'il rentrait d'une nuit passée à la belle étoile, se plaignait de sa froideur, de son refus de l'embrasser.

Seule exception à cette phobie, il aimait donner la main à Alicia. Ça s'arrêtait là. Plus tard, lorsque les filles de l'école avaient commencé à lui courir après, il avait osé un baiser. Une fois. Et c'était tellement dégoûtant qu'il n'avait plus recommencé. Même à Rome où les étudiantes étaient nombreuses, et ravissantes, et plutôt libres... Non, il ne voulait pas, ne *pouvait pas* accomplir les mêmes gestes que ceux des clients de sa mère.

Il en souffrait. Car durant des années, il avait été heureux de venir nager ici avec Alicia, de l'emmener au cimetière et de partager ses secrets avec elle. Et puis, à un moment donné, leurs deux années d'écart avaient pris de l'importance : quand il sortait de baignade, Dante devait dissimuler son érection. Chaque fois qu'Alicia se rhabillait dans le petit bosquet, il faisait semblant de ne pas regarder, mais... impossible de se retenir. Cent fois il avait eu envie de connaître le goût de ses lèvres et de sa peau. Elle ne s'en rendait pas compte : à douze ans, même si son corps changeait, elle conservait une âme d'enfant. Elle était innocente. Alors que lui...

Comme elle ne lui rendait pas les préservatifs, il haussa les épaules.

— Eh bien, garde-les, s'ils te plaisent, grommela-t-il avant de plonger dans la rivière.

Que c'était bon ! Même si l'eau n'était pas assez profonde pour lui permettre de nager, il fit quelques mouvements de dos crawlé pour savourer la fraîcheur sur son corps maltraité par la canicule et le deuil.

Lorsqu'il se retourna pour contempler le tronc, il lut l'hésitation sur le visage de son amie.

— Pas cap ? défia-t-il.

D'un air vexé, elle ôta les premiers boutons de sa longue robe noire.

— Je viens, prévint-elle, mais tu n'as pas intérêt à me regarder avant que je te le dise !

Dante se remit à onduler dans la rivière, lui tournant le dos pour ne pas la gêner. La tête sous l'eau, il observait les cailloux, leurs couleurs, leurs jeux de transparence…

— Tu sais ce que pensaient les nonnes ? demanda-t-elle, à quelques mètres de distance.

Dante se retourna. Elle s'était immergée jusqu'au cou, et il ne voyait d'elle que son visage.

— Non. Quoi ?

— Que nous venions ici pour nous embrasser et nous tripoter.

Dante ne répondit pas.

— Et au cimetière aussi, précisa-t-elle.

— Je me fiche de ce qu'imaginent tes nonnes.

— Peut-être, mais moi pas. Et je me demande comment il se fait que tu n'aies jamais essayé.

— Essayé quoi ?

— De m'embrasser !

Dante ne put que s'esclaffer :

— Incroyable. Face, tu gagnes et pile, je perds, c'est ça ?

Si j'essaie, je suis un mauvais garçon, si je n'essaie pas, je te vexe ?

Il nagea vers elle et la fixa droit dans les yeux.

Quel regard ! Son visage s'était émacié, depuis qu'il était parti. Elle avait toujours de longs et beaux cils noirs ourlant ses yeux en amande, une bouche pulpeuse, un grain de peau d'une finesse surnaturelle. Mais son corps avait changé : elle avait de longues jambes, des cuisses galbées, des hanches rondes et des petits seins haut perchés.

— Alicia… Laisse tomber, murmura-t-il.

— Pourquoi ? Tu as couché avec la moitié des filles du village. On te voit papillonner partout à Rome, tu fais le play-boy de façon ostentatoire, tu vides des boîtes entières de préservatifs ! Et moi, je devrais trouver normal que tu n'aies même pas eu envie *une seule fois* de m'embrasser ?

— Et *toi*, pourquoi ne m'as-tu jamais écouté *une seule fois*, quand je te suppliais de ne pas écouter les ragots, ici ? protesta-t-il, scandalisé.

Comment pouvait-elle le connaître assez mal pour croire à ce ramassis de mensonges ?

— Je ne vois pas comment ! se défendit-elle. Si c'étaient des fables, je ne les entendrais pas dix fois par jour.

— Eh bien, épargne-toi ma compagnie, alors ! aboya-t-il. Rentre chez toi !

La jeune femme le considéra avec un effroi palpable. Très vite, néanmoins, elle retrouva sa fierté et releva le menton avec effronterie.

— Je n'ai pas envie de partir.

Quel caractère, bon sang ! Elle allait le rendre chèvre.

— Mais alors qu'est-ce que tu veux, Alicia ? lâcha-t-il, à bout de nerfs. Et qu'est-ce que tu…

Le reste de sa phrase mourut sur ses lèvres, et il se pencha précipitamment sur elle. Soudain, elle s'était recroquevillée, et Dante sentit le remords l'accabler.

— Qu'est-ce qu'il y a ? Tu pleures ?

— Non, ce doit être un grain de sable, articula-t-elle d'une voix à peine audible.

Mensonge. Elle était bouleversée. Il l'entendit étouffer un sanglot et soudain, elle releva vers lui un visage livide.

— Tu veux *vraiment* que je m'en aille, Dante ?

La douleur et le remords lui broyèrent les entrailles. Elle prenait tout au pied de la lettre. C'était très irritant. Et en même temps, elle était désarmante.

— Au contraire, affirma-t-il avec force. Reste. S'il te plaît.

Sous l'eau, il prit sa main, et en la relevant pour entrelacer ses doigts dans les siens, il fut frappé par sa beauté. La peau dorée, la grâce de son poignet, la finesse des phalanges… On aurait dit une sculpture de maître.

— Mais j'y mets une condition, ajouta-t-il doucement. Que tu ne pleures plus. *Jamais*.

Lorsqu'elle esquissa un sourire timide, il eut l'impression que le sirocco le rendait fou à son tour. Car aucune force au monde n'aurait su l'empêcher de réaliser le désir qui l'envahissait : embrasser Alicia.

— Je ne supporterai jamais de te voir pleurer, ajouta-t-il en l'attirant à lui pour poser ses lèvres sur les siennes.

7.

Dante avait eu raison de ne pas essayer de l'embrasser plus tôt. Car Alicia n'aurait pas été prête à recevoir un baiser d'une telle intensité. Encore moins à le lui rendre.

L'exquise caresse de ses lèvres effleurant les siennes avec une légèreté aérienne céda vite à la passion, et leurs langues se trouvèrent, s'emmêlant avec volupté. Le plus étrange était de réaliser combien leur mouvement, à l'unisson, semblait naturel… évident. Alicia n'avait jamais embrassé un garçon et pourtant, elle se laissait happer par cette délicieuse étreinte sans appréhension.

Aucun bruit, sinon le chant de la rivière et de ses courants, ne troublait le silence de la crique. La chaleur avait fait fuir les oiseaux et pétrifiait les feuillages des arbres.

Grisée par le goût de raisin et d'alcool de ses baisers, Alicia éprouvait des sensations inédites. Dante passait ses mains autour de sa taille pour l'attirer plus étroitement contre lui, et elle en avait envie. Comme lui, elle s'enhardissait. Émerveillée, elle savourait le fourmillement sous sa peau et le plaisir sous forme d'excitant qui courait dans ses veines, à mesure que leur baiser s'embrasait.

Durant de longues minutes, ils restèrent ainsi, immobiles, à s'embrasser voluptueusement, brûlant de désir. Alicia avait dix-huit ans, il y avait un cours de sciences naturelles à l'école du couvent et elle n'était ni ignorante ni stupide, malgré son inexpérience. Mais sous l'eau jusqu'aux épaules, il était possible de dissimuler les horreurs qui lui servaient de sous-vêtements. Or maintenant, Dante l'invitait à se redresser pour se plaquer contre elle.

— Dante…

— Alicia, j'ai quelque chose à te dire.

— Quoi ? demanda-t-elle.

Naturellement, elle ne se doutait guère du miracle qu'elle venait d'accomplir – délivrant sa libido, comme par un coup de baguette magique. Il brûlait d'aller jusqu'au bout. Aujourd'hui. Avec elle. Mais…

« Ce serait très égoïste de ta part », lui souffla la voix de sa conscience. Oui, évidemment. En arrivant la veille, et allant faire quelques courses à l'épicerie avant de retrouver la maison de sa mère, Dante avait eu droit à toutes les nouvelles du coin. Connaissant son amitié avec « une gentille orpheline du couvent », le commerçant n'avait pas manqué de l'informer que son amie Alicia devait bientôt se fiancer avec Guido.

Bon sang, elle était si belle ! Ses cheveux noirs restaient noués en chignon, mais deux longues mèches s'en étaient échappées, encadrant son visage, mouillées et étincelantes de mille éclats. En cet instant, son regard semblait plus mystérieux. Deux larges bretelles beiges coupaient cruellement la ligne gracile de ses épaules, ce qui ne l'empêchait pas d'être hypnotisé par sa clavicule marquée, par l'or de sa peau – par tout ce qui se dérobait à son regard.

Mais…

— Je rentre à Rome par le premier train, demain.

— Et alors ?

— Eh bien, je ne voudrais pas…

Il lut dans ses yeux qu'elle avait compris. Jamais Alicia n'avouerait qu'elle éprouvait le même désir que lui et de toute façon, Dante était un gentleman. Ils avaient un peu de temps : il fallait le savourer de la première à la dernière seconde.

— Et si on passait de l'autre côté de la digue, pour nager ? proposa-t-il. Ça nous rafraîchira. Tu te crois toujours capable de me battre sur une longueur de brasse ?

— Je croyais que tu avais passé l'âge de ces « jeux d'enfants » ? accusa-t-elle.

— En fait, je crois que je n'attendais que toi, que tu rattrapes nos deux ans d'écart, répondit-il.

Il lança cette réplique comme une boutade, mais au fond de lui, les mots sonnaient juste. Alicia n'était plus la petite fille de neuf ans qu'il avait rencontrée ici même, sous le même ciel, dans la même lumière d'été, quand il en avait onze.

Il suffisait de passer sous le tronc pour traverser les courants et remonter jusqu'à la partie la plus large de la rivière, là où l'eau était calme et profonde ; là où Dante lui avait appris à nager, jusqu'à enrager de la voir le doubler – seulement à la brasse.

Le cœur d'Alicia battait tellement fort, après ces premiers baisers et la tentation de caresses plus osées… Oui, elle avait besoin d'un interlude pour faire retomber sa température. Mais comment cacher ses sous-vêtements à Dante lorsqu'ils sortiraient de l'eau pour passer les rapides, puis pour regagner la rive ?

— Bon, d'accord, acquiesça-t-elle. À une condition.

— Je t'écoute.

D'un ton solennel, elle enchaîna :

— Quand je te demanderai de te tourner et de ne pas me regarder, tu me jures de ne pas tricher ?

— Parole d'honneur, assura-t-il en sortant de l'eau pour esquisser une révérence.

Alicia déglutit. Ses épaules étaient rondes et larges, ses biceps bien dessinés. Une fine, très fine toison brune courait vers son caleçon, depuis son torse.

Dante était beau. Attirant.

Et elle… Elle était harnachée dans une espèce de double gaine affreuse et grotesque. Il allait se moquer d'elle et ce serait le pire moment de sa vie. Enfin, tout de même, il avait promis, n'est-ce pas ?

Depuis qu'ils s'étaient embrassés, une confiance nouvelle

irriguait son corps. Jamais elle ne s'était sentie plus légère. Seuls ces maudits sous-vêtements l'empêchaient de jouir pleinement de ce moment de liberté, de joie…

— Vas-y, ordonna-t-elle comme ils s'engageaient sous le tronc. Je te suis. Tu ne te retournes pas, compris ?

— Compris, m'dame, railla-t-il.

Ils marchaient dans les rapides l'un derrière l'autre, l'eau au niveau des chevilles, et Alicia en profita pour admirer ses longues jambes puissantes. Son dos lisse et musclé. Une sorte de frisson permanent ne la quittait plus – comme un élan de chaque atome de sa chair.

Il leur suffit ensuite de gravir le gros rocher derrière lequel s'étendait la rivière ; et le plongeon de Dante stria la surface.

— Viens ! Je te jure que je ferme les yeux ! cria-t-il en nageant.

N'y tenant plus, elle sauta à son tour et esquissa quelques mouvements de nage sous l'eau avant de revenir à la surface.

— Elle est bonne ! s'exclama-t-il. Bon, j'ai le droit d'ouvrir les yeux ?

— Oui.

À peine eut-elle prononcé ce mot magique qu'il se précipita vers elle pour l'attirer dans ses bras et happer sa bouche d'un baiser affamé.

Une nouvelle fois, elle sentit la fièvre l'emporter et répondit goulûment à son étreinte. Elle enroulait ses bras autour de son cou, s'enivrait des mouvements langoureux de sa langue et sentait son sang crépiter.

— Encore, murmura-t-il.

Fiévreusement, il caressait sa taille sous l'eau, ses hanches, et puis…

Lorsqu'elle sentit ses mains s'aventurer plus bas, Alicia retint son souffle : un volcan s'allumait en elle.

— Tu es si belle… Je me fiche de tes sous-vêtements, Alicia, gronda-t-il, comme s'il lisait dans ses pensées.

— Moi pas. Ils me couvrent de honte.

— J'avais compris, oui. Oublie-les, ordonna-t-il, impérieux, en l'entraînant dans une nouvelle étreinte.

Sensiblement, il l'attirait vers la rive, là où un petit banc sablonneux permettait de s'étendre. Sans savoir comment, Alicia fut hissée hors de l'eau et se retrouva tremblante et trempée contre lui. D'une main, Dante caressait son front, glissait ses mains dans sa longue chevelure trempée – le chignon n'ayant pas résisté au plongeon. De l'autre il imprimait son empreinte de feu sur sa taille, sans cesser de lécher ses lèvres, de happer sa langue, de jouer avec sa bouche.

Poussée par une force inconnue, elle le caressa à son tour. D'abord les épaules, puis le ventre et… son caleçon noir était soulevé par la force de son érection. Elle étendait sa main tremblante vers cette zone de mystère lorsqu'il lui saisit le poignet pour l'en empêcher, la faisant basculer sur le dos.

Haletante, elle resta immobile, sous lui, soutenant son regard de braise. L'air était tellement chaud que déjà, plus une goutte ne ruisselait sur sa peau. Le temps parut se suspendre : il penchait son visage grave et sérieux au-dessus du sien.

— On ne fait que s'embrasser, rappela-t-elle.

Au lieu de répondre, il déposa une traînée de baisers brûlants dans son cou, avant de descendre lentement vers sa gorge. Elle sentit sa large main peser sur son ventre plat et s'immiscer sous la culotte pour descendre jusqu'à son sexe. D'un geste instinctif, elle écarta les cuisses. Une boule de feu s'était formée là, en bas. Elle se mit à trembler, à haleter. Une sensation incroyable jaillissait d'elle – d'origine inconnue. Un plaisir fulgurant, terrifiant, formidable.

— Oui ! murmura-t-elle en fermant les yeux dès que ses doigts se mirent à effleurer tout doucement l'intérieur de son sexe.

Il haletait, lui aussi. Alicia sentait ses seins gonfler sous la prison de son soutien-gorge, pendant que Dante léchait voracement son décolleté, tout en continuant de fouiller la moiteur de son intimité. Des vagues de plaisir et des vibrations délicieuses parcouraient son corps. Elle n'avait jamais bu d'alcool mais elle le savait : c'était mille fois plus fort que l'ivresse.

De plus en plus fort. De plus en plus fou. De plus en plus…

— Oh ! lâcha-t-elle lorsqu'elle se sentit convulser dans un mélange de plaisir et d'effroi.

Son cœur battait tellement fort qu'elle avait cru faire un malaise mais… C'était le contraire !

Lorsque sa bouche revint chercher la sienne, elle l'embrassa avec fougue, longuement, langoureusement. Puis, elle encadra son visage de ses mains, le fixa droit dans les yeux et déclara :

— Dante, je veux que ce soit toi.

Une fraction de seconde, il garda le silence.

— Alicia, tu le regretterais, opposa-t-il.

— Non.

— Si. Tu es sicilienne, tu as été élevée par des religieuses et tu aimes les histoires à l'eau de rose. Tu cherches le grand amour, tu veux fonder une famille avec un mari qui t'aimera jusqu'à la mort… Je ne peux pas te donner ça.

Ils se redressèrent, et elle cacha ses sous-vêtements en enroulant ses bras autour de ses genoux.

— Je le sais, répliqua-t-elle de mauvaise grâce.

— Dans ce cas, retourne plutôt voir Guido.

— Guido ?

— Ne fais pas celle qui ne comprend pas, Alicia ! s'énerva-t-il. Si le fils du fleuriste est venu sur la tombe de ma mère, ce n'est certainement pas pour me réconforter ! C'était pour toi, et tu le sais.

Alicia secoua lentement la tête. Naturellement, il avait entendu la rumeur.

Les religieuses encourageaient avec force des fiançailles. Elles rêvaient qu'à vingt ans, leur filleule épouse Guido pour devenir elle-même fleuriste ; « faire un beau mariage, avoir une bonne situation et rester au pays ».

— Tu n'imagines pas à quel point je suis impatiente de couper des tiges de campanules, lâcha-t-elle, sarcastique.

— Ne plaisante pas avec ça. Alicia… je repars dans quelques heures.

Elle arrima son regard au sien.

— Je veux que tu sois le premier, Dante.

Elle sentit une goutte tomber sur sa nuque et l'ignora, mais une seconde la suivit, puis une autre.

— Viens, il faut retourner au petit pont.

— Non.

Il se leva, et elle l'imita sans le quitter du regard. Un regard impérieux ou suppliant – elle ne savait par quel moyen le convaincre. Il *fallait* que ce soit lui.

Le premier homme de sa vie, ce ne pouvait être que lui. Dante Schinina.

— Mais… Tu saignes ? interrogea-t-elle en voyant le ruissellement rouge sur sa tempe.

— Je ne crois pas, non…

D'un même mouvement, ils levèrent la tête vers le ciel d'une invraisemblable couleur orange opaque, et le tonnerre gronda.

L'orage mettait fin à l'infernale touffeur de l'après-midi et déjà, les sables rouges portés par le sirocco teintaient l'averse.

— Viens, dit-elle en l'entraînant dans l'eau pour qu'ils nagent jusqu'à la crique.

Dès qu'ils y parvinrent, Alicia se contenta d'enfiler sa robe comme une chemise, et Dante ne passa que son pantalon. En toute hâte, ils rangèrent le reste des vêtements dans le panier. Elle lui saisit le poignet.

— Dante, attends. Écoute-moi. Je veux que ce soit toi, répéta-t-elle.

Il ne leur fallut pas plus de cinq minutes pour atteindre leur vieux refuge en pierres. C'était une ancienne grange, tout au bout d'un terrain en friche dont la *Signora* Schinina avait hérité. Il y avait l'eau froide, mais pas d'électricité, et il manquait plusieurs tuiles à la toiture. Autrefois, l'été, plutôt que de rester dans l'infâme cabanon au fond du jardin ou de s'infiltrer dans la dépendance d'un voisin, Dante s'y installait, et Alicia lui apportait de quoi se nourrir.

Le matelas gonflable était toujours là, soigneusement roulé à côté du gonfleur, de la table pliante et de la pile de couvertures.

— Notre résidence de luxe ! se réjouit Alicia en filant directement vers l'appentis.

Divisé en trois pièces minuscules, il abritait une kitchenette rudimentaire, des toilettes, et une salle de douche avec lavabo.

Dante la rejoignit et l'attira dans ses bras pour l'embrasser.

Puis, il gronda d'une voix trahissant le désir :

— Je veux bien fermer les yeux une dernière fois pendant que tu te déshabilles… si tu me rejoins sous la douche en tenue d'Ève.

— Marché conclu, souffla-t-elle, le cœur battant follement dans sa poitrine.

Dans un coin du refuge, elle plia sa robe et cacha au-dessous ses horribles sous-vêtements. Puis, elle passa dans l'appentis et retint son souffle.

Sous la douche, la chevelure noire de Dante ruisselait de rouge, mais son torse paraissait cuivré. Son torse, et son ventre, et… son sexe, immense et dressé sous l'effet du désir qu'elle lui inspirait. Incapable de détacher son regard de son membre, ce fut à peine si elle s'aperçut qu'il la couvait d'un regard tout aussi fasciné.

— Viens ici, dit-il enfin, lui prenant la main pour l'attirer d'autorité sous le jet.

La canicule avait chauffé les tuyaux. L'eau était tiède.

Pour la première fois de leur vie, ils étaient entièrement nus, l'un face à l'autre. Ils échangèrent un long regard. Alicia n'éprouvait ni gêne ni fausse pudeur. Le désir absorbait tout, il n'existait rien d'autre que l'élan pur et surpuissant qui l'aimantait vers Dante. Fermant les yeux, elle sentit ses mains se poser sur ses seins et lâcha un gémissement. Ses tétons s'étaient durcis et, sous la paume tremblante de son ami, ils se tendaient encore.

À son tour, elle posa les mains sur lui. Malgré les bains successifs, sa peau était chaude. Lisse. Ferme. En elle rejaillissaient une source merveilleuse, une audace et une curiosité folle associée au fourmillement du désir.

— Il faut enlever tout ce sable, gronda-t-il en savonnant ses seins, puis son ventre.

Durant une longue minute, ils prétendirent se laver mutuellement. En silence, chacun découvrait le corps de l'autre et, lorsqu'elle effleura son sexe, Alicia sentit son sang se changer en lave.

Sans dire un mot, ils sortirent de la douche, et elle le regarda prendre la vieille serviette de bain pour la sécher. Il épongea ses hanches, ses fesses, ses cuisses… Jusqu'à ce qu'elle lui prenne la serviette pour l'imiter, s'attardant sur son ventre, effleurant délicatement sa verge toujours dressée.

Main dans la main, ils passèrent dans la pièce principale où Dante entreprit de gonfler le matelas.

Dès que ce fut fait, il la considéra d'un regard trouble.

— Tu… Tu en es vraiment sûre ? demanda-t-il d'une voix rauque.

Pour toute réponse, elle se jeta dans ses bras et l'embrassa avec une fièvre qui la surprit elle-même. Elle ne se lassait pas de sa bouche, de ses baisers envoûtants, ensorcelants… Et dès qu'ils basculèrent ensemble sur leur lit de fortune, leurs caresses se firent passionnées.

Cambrée, Alicia sentit la bouche de son ami happer ses tétons, et elle étouffa un cri de plaisir. Jamais elle n'aurait pensé éprouver un jour des sensations aussi fortes. La langue de Dante traçait des cercles de feu autour de ses aréoles, provoquant un feu d'artifice dans sa chair. Elle en voulait encore et plus, toujours plus.

Une nouvelle fois, il aventurait une main vers le triangle

noir de sa vulve, et elle s'enhardit, elle aussi, caressant toute la longueur de son sexe, fascinée par l'étrange douceur de sa peau et par sa puissance. Corsetée par sa virginité et son inexpérience, elle aurait dû avoir peur. Or, contre toute attente, la confiance et l'envie la guidaient.

— Attends… stop ! supplia-t-il en lui saisissant le poignet pour l'empêcher de poursuivre.

— Je t'ai fait mal ? s'inquiéta-t-elle.

— Non, mais… Nous avons besoin de quelque chose, maugréa-t-il en étendant le bras vers son pantalon pour y prendre un préservatif.

Incapable de détourner les yeux de ce corps viril si parfait, elle le regarda faire.

— Tu en es sûre ? insista-t-il. Tu sais, la culpabilité risque de…

— Je la préfère mille fois au regret de n'avoir rien fait, coupa-t-elle en l'attirant sur elle, avant de l'embrasser avec fougue.

Le baiser qu'ils échangèrent alors devint si intense qu'elle sentit ses tempes bourdonner.

— Viens, supplia-t-elle.

Son sexe était trempé, et son cœur battait à s'en rompre.

— Tu n'as plus envie de moi ? interrogea-t-elle avec terreur.

— Tu sais bien que si. Comme un fou…

Enroulant ses cuisses autour de ses reins, rassurée, elle l'invita à la pénétrer.

— Tu es dangereuse, Alicia, chuchota-t-il, plongeant son regard dans le sien.

La magie des instants qui suivirent resterait à jamais gravée en elle, faisant de ce jour le plus beau de sa vie. Car la douleur fut brève, comme une brûlure aussitôt suivie d'une sensation exaltante. Dante se pencha doucement sur ses lèvres pour lui donner un baiser à la fois tendre et érotique, un baiser sublime, au moment où un plaisir jailli du fond des âges s'emparait d'elle. Instinctivement, elle se mit à onduler au même rythme que lui, dans un va-et-vient pourtant irrégulier, oscillant entre frénésie fiévreuse et martèlement tribal. Le cœur d'Alicia allait imploser : c'était comme si une marée montante fracassait des vagues de plus en plus hautes entre ses cuisses. Sans même s'en rendre compte, elle gémissait et haletait à mesure que le plaisir l'emportait.

Dante s'accrochait à sa bouche tel un noyé, lui aussi, et lorsque le raz-de-marée engloutit Alicia, il se tendit d'un seul coup avant de retomber sur elle, à bout de souffle, trempé de sueur.

Ils restèrent un long moment l'un à côté de l'autre, en se tenant très fort par la main, les yeux rivés sur le trou de la toiture par lequel le ciel leur annonçait la fin de l'orage. Des nuages blancs traversaient l'atmosphère encore jaunie, mais plus transparente.

Comme Alicia se redressait, ivre de leur étreinte, Dante protesta d'un ton dur :

— Tu ne peux pas rentrer maintenant.

Elle sourit. Ce n'était pas son intention.

— Pourquoi pas ? opposa-t-elle.

— Parce qu'elles comprendraient tout de suite. Ça se lit sur ton visage.

— Tu trouves ? Vraiment ?

Comme elle, il se redressa sur le matelas et posa un doigt sur sa gorge en murmurant :

— Ici, et là… Ma bouche a laissé des traces.

Il s'efforça de démêler ses longues mèches brunes du bout des doigts en ajoutant :

— Jamais tu ne parviendras à refaire un chignon… Tu as une brosse sur toi ?

— Non, avoua-t-elle en riant. Quoi d'autre ?

— Là, dit-il d'une voix où perçait encore le désir.

Elle frémit lorsque sa main se posa sur ses seins.

— On dirait que mes baisers t'ont brûlée…

— J'espère bien, répondit-elle le cœur battant. Tu as

laissé ta marque sur moi. Mais ça, personne d'autre que moi ne le verra.

— Alicia…

Il secoua la tête et se détourna.

— Qu'est-ce qu'il y a ? C'est toi qui as des remords, c'est ça ?

— Non. Oui… Non !

Agacé, il prit une longue inspiration avant de poursuivre :

— Je vais rentrer à Rome. Tu le sais. Pour avoir mon train, il faut que j'attrape le dernier ferry, à 22 heures.

Même si elle savait qu'elle ne devait pas le dire et qu'il refuserait de l'entendre, elle ravala sa timidité pour suggérer :

— Je pourrais venir avec toi.

— À Rome ? lâcha-t-il, visiblement sidéré.

— Oui. Rien ne me retient ici.

— Comment peux-tu dire cela ? C'est chez toi, ici.

— Parce que tu es à Trebordi aujourd'hui.

— Oh ! Alicia…

Déjà, elle sentait les larmes lui monter aux yeux. Il fallait préserver ce moment. Couper court à cette discussion.

— Tu n'as pas faim ?

Sans attendre sa réponse, elle alla chercher le panier, et Dante sourit.

— Si. Une faim de loup, admit-il. Qu'est-ce que tu as préparé de bon ?

8.

Alicia courait vers le couvent. Les larmes lui brûlaient les yeux. Après avoir dîné dans leur refuge, ils s'étaient rhabillés. La gorge nouée, elle entendit Dante lui refuser de l'accompagner au cimetière où il s'arrêterait une dernière fois, avant de prendre le ferry.

— Non, ne viens pas. Il vaut mieux qu'on se dise au revoir ici.

Avant de lui dire au revoir, elle vérifia sa tenue : son affreuse robe noire était reboutonnée jusqu'au cou, elle avait remis ses bas, mais ses sous-vêtements gisaient au fond du panier. Pour rien au monde elle n'aurait supporté que Dante la voie remettre ces horreurs.

— Je crois que tu es en règle, observa-t-il. J'espère que tu n'auras pas d'ennuis par ma faute.

— Mais non.

— Allez, vas-y, ordonna-t-il.

À contrecœur, elle franchit la porte de leur refuge.

— *Ciao* ! conclut-il.

— *Ciao.*

Cet adieu informel, séparation à la fois brutale et anodine, l'aiderait à tourner la page, se promit-elle. Il le faudrait bien. Et même si elle était bouleversée, même si jamais son cœur n'avait tant bouillonné de sentiments contradictoires, elle se sentit étrangement calme en trouvant Sœur Angélique dans le hall du dortoir.

— Alicia ! Où étais-tu passée ? Il y a des heures que nous t'attendons !

— Je me suis abritée de l'orage ! s'exclama-t-elle comme s'il s'agissait d'une évidence. La couleur du ciel et de la pluie m'a terrifiée. J'ai cru que c'était la fin du monde.

À ses propres oreilles, le mensonge semblait convaincant – en tout cas plausible.

— Je n'avais jamais vu d'averse rouge avant, ajouta-t-elle d'un ton candide. Et vous, ma Sœur ?

La religieuse la contemplait d'un œil suspicieux.

— Tu as perdu une boucle d'oreille ? Le cadeau de tes parents ?

Alicia s'efforça de ne pas blêmir et s'abstint de porter une main à son oreille. Si cet incident avait eu lieu la veille, elle en aurait été dévastée. Elle tenait à ses créoles en or comme à la prunelle de ses yeux... sauf aujourd'hui : son trésor était ailleurs.

— En effet. J'étais trempée, j'ai couru et je me rappelle m'être emmêlé les cheveux dans une branche. J'espère retrouver l'endroit exact pour y chercher ma boucle... Quoi qu'il en soit, je vous remercie de vous en inquiéter, ma Sœur. Bonne nuit.

D'un pas assuré, elle s'engagea dans l'escalier. Le trésor, c'était sa force nouvelle. Son courage. En lui faisant l'amour, Dante lui avait transmis un peu de sa sauvagerie, de sa détermination. Pas question de se fiancer avec Guido car à dix-neuf ans, elle partirait pour Milan.

Elle se sentait invincible.

Neuf mois s'écoulèrent et après quoi, rien ne se déroula comme prévu. Alicia tenait la boutique du couvent, Guido lui rendait visite régulièrement et les nonnes souriaient. Aucune importance, pensait-elle, car elle cherchait du travail à Milan. Une agence devait la prévenir dès qu'un poste stable en tant que vendeuse serait ouvert à sa candidature.

Mais une nuit, alors qu'elle devait rêver de la rivière et

d'un concours de brasse avec Dante, la porte de sa chambre trembla sous des coups rageurs, et Sœur Angélique entra en trombe, sans y avoir été invitée.

— Qu'est-ce qui se passe ? protesta Alicia d'une voix ensommeillée, cherchant l'interrupteur de sa lampe de chevet.

— Il est à toi ?

Sidérée, Alicia se redressa contre son oreiller.

La religieuse, raide comme la Justice, tenait un bébé dans ses bras. Un nourrisson.

— Pardon ?

— Lève-toi, Alicia ! ordonna la nonne. Et ne me mens pas : as-tu dissimulé ta grossesse ? Cet enfant est-il le tien ?

— Quoi ? coassa-t-elle en quittant son lit.

Elle était tellement estomaquée par cette scène qu'elle ne songea pas à prendre sa robe de chambre et resta immobile, en nuisette de coton, face à Sœur Angélique.

— Je me souviens très bien de cette nuit-là ! Tu avais le chignon en désordre, la robe froissée, il te manquait une boucle d'oreille. Tu avais passé *toute la journée* et *toute la soirée* dehors, avec le fils Schinina ! Et comme par hasard, tout juste neuf mois après, je trouve ce malheureux à la « porte aux bébés » ?

— Mais ma Sœur, je vous jure que je n'ai rien à voir avec cet abandon, se défendit-elle, le cœur battant.

Le nourrisson se mit à pleurer, et elle s'approcha. Effectivement, il venait de naître ; il ne devait pas avoir plus de huit jours. Nu dans une petite couverture en tricot, on voyait dépasser ses mains minuscules, sa bouille toute rouge. Son crâne était rond et couvert d'un épais duvet d'ébène. Si épais, en fait, qu'il rappelait beaucoup…

— Ce bébé *est* un Schinina, affirma Sœur Angélique d'un ton aussi sentencieux qu'accusateur.

— Pourquoi dites-vous cela ?

— Parce qu'il n'y a pas que son front bombé et le noir de ses cheveux pour m'en informer !

Suivant le regard de la nonne, elle contempla les pieds du bébé. Ses orteils.

— Tu maintiens que tu n'es pas la mère ? tonna-t-elle.

— Oui, murmura-t-elle, le cœur brisé.

Lisant probablement sa stupeur et son effarement sur ses traits, la religieuse parut soulagée. D'un ton désabusé, elle observa :

— Eh bien, ma pauvre enfant… Dans ce cas, ton petit ami a dû être très occupé le jour des obsèques de sa mère. Viens ici et prends-le, je te prie. Il a faim.

Comme elle lui tendait le nourrisson, Alicia recula, effrayée.

— Oh ! non, ma Sœur ! Je ne peux pas…

— Tu peux. Ce petit être innocent n'y est pour rien, et tu vas le bercer pendant que je vais lui préparer un biberon.

Elle plaça d'autorité le bébé dans ses bras et disparut, abandonnant Alicia au tout petit *Ragno.*

Ce front, cette crinière de soie, ces orteils… Angélique avait raison. Aucun doute possible, c'était le fils de Dante, admit-elle, le cœur déchiré. Les gens du village l'avaient vu avec des filles… Le « play-boy carnassier » avait dû oublier sa boîte de préservatifs au refuge, ou en manquer !

Elle comprenait mieux, désormais, l'empressement de son ami à la faire partir, son impatience à la quitter pour aller, soi-disant, une dernière fois au cimetière, et attraper le ferry du soir… Soudain, le récit de cette journée se reformait, tel un puzzle formant une seconde image, très différente de la première. Sa naïveté lui fit horreur.

Et la pluie rouge qui tombait sur elle en cet instant, sur son cœur et sur ses souvenirs, était une pluie d'acide.

Dans la cabine du jet où il avait laissé remonter ses souvenirs, Dante contemplait Alicia endormie.

Il avait partagé bien des moments avec son amie d'enfance, son seul soutien, celle qui avait également été sa toute première amante et pourtant, il réalisait qu'ils n'avaient jamais dormi l'un près de l'autre. Aussi découvrait-il le visage serein et calme de la jeune femme : ses longs cils se découpaient sur ses joues, une mèche de cheveux brillants et lisses tombait sur sa lèvre supérieure si pulpeuse, et elle avait l'air calme.

Calme, elle ! Alicia le feu follet, Alicia l'étincelle permanente… Alicia la dissimulatrice.

Pourquoi, mais pourquoi refusait-elle si obstinément de retourner chez eux, en Sicile ? Que lui était-il arrivé à Trebordi, après son départ ? Elle prétendait que les religieuses n'y étaient pour rien… Alors quel événement l'avait si bien fâchée avec sa propre terre ?

Comme elle ouvrait les yeux, il fit mine d'être absorbé par la contemplation du paysage et s'exclama :

— Oh ! Regarde, Alicia !

Elle se tourna lentement vers le hublot.

— À ta gauche, Syracuse, et tout en bas, la presqu'île d'Ortygie, annonça-t-il. On ne peut pas apercevoir Trebordi, qui est plus au sud, mais notre île natale n'est pas très éloignée de la côte et…

— Qui se soucie de l'emplacement de Trebordi ? répliqua-t-elle en haussant les épaules.

— Moi.

— Je croyais que tu n'y avais que de mauvais souvenirs, opposa-t-elle, morose.

— Tu te réveilles toujours d'aussi méchante humeur ?

Sans répondre, elle pâlit : l'appareil entamait une descente brutale.

— Tu aurais dû me dire que c'était *ta première fois*, soupira-t-il.

Prenant conscience du double sens de sa formule, il voulut lui adresser un clin d'œil complice, espérant enfin l'attendrir, mais il s'en abstint lorsqu'elle lui décocha un regard assassin.

— Pourquoi ? glapit-elle. Ça aurait changé quelque chose ?

Il haussa les épaules.

— Probablement, oui. Je t'aurais proposé un cachet

contre le mal de l'air dès le décollage, répondit-il avant de s'enfoncer dans le silence.

La colère remontait en lui. Elle refusait de lui révéler par quel mystère elle lui vouait un tel ressentiment, et il ne risquait pas de le deviner tout seul ! Bon sang, quel caractère infernal elle avait ! Il devait avoir perdu l'esprit, en songeant à lui faire jouer cette comédie auprès de sa famille, et il commençait à se demander s'il n'allait pas le regretter.

Sous un ciel d'un bleu azur, Alicia prit une longue goulée d'air dès qu'elle posa le pied sur le tarmac de Syracuse. Elle n'aurait su dire ce qui lui était soudain si familier : les odeurs ? Les couleurs ? En tout cas, elle sentait, jusque dans son corps, qu'elle était de retour en Sicile.

— Tu rêves ? Viens vite, ou tu vas brûler vive ! gronda Dante en la poussant à l'arrière d'une berline.

Dès que la voiture fut chargée de leurs bagages, elle démarra en direction de la vieille ville, et Alicia vit s'élever un univers en soi : une ville qui n'avait rien de commun avec Palerme – et encore moins avec Trebordi !

La cité semblait surgir intacte, ou presque, d'un songe antique.

— Et tu dis qu'Ortygie est considérée comme le cœur de la vieille ville ? s'enquit-elle, incrédule.

— Absolument. Ce que tu vois de Syracuse n'est qu'un faible indice des splendeurs dont regorge Ortygie, promit-il avant de lui narrer l'histoire de la ville et les mythes gréco-romains qui marquaient ses monuments.

— Je me souviens d'Astéria, dit-elle, comme il évoquait cette légende.

Béatrice lui lisait de la mythologie, le soir. Alicia adorait ces histoires. Elle avait acheté plusieurs livres audio qu'elle écoutait dans son studio de Milan, quand elle ne parvenait pas à trouver le sommeil – et elle les connaissait par cœur.

Selon les versions, la fille du Titan Céos avait donné naissance à l'île aux cailles ou à celle d'Ortygie. De nombreuses autres cités insulaires se réclamaient de sa tutelle, car Poséidon avait poursuivi la jeune fille changée en poisson dans tout le bassin méditerranéen…

— C'est la mer qui lui a rendu la liberté, ajouta-t-elle, pensive.

— Même schéma légendaire pour Aréthuse, la nymphe qui se fit fleuve à Ortygie, afin d'échapper à Alphée, confirma-t-il.

Ils approchaient du versant maritime de la cité. Promenant un regard admiratif sur les vestiges d'architecture corinthienne, Alicia murmura :

— C'est magnifique. Dire que nous allons bientôt franchir le pont qui relie ce petit paradis au continent !

— Il y en a trois, corrigea Dante.

— Ah, fit-elle, étonnée de sentir la berline ralentir.

— Le palace flanque la côte de l'île, dit-il, une note de fierté dans la voix. La zone est assez accidentée, et les routes ne sont pas adaptées aux voitures.

— On pourrait continuer à pied, alors ? suggéra-t-elle.

Dante s'efforça de dissimuler sa stupeur. Il lui était rarement arrivé de fréquenter une femme au-delà du temps d'un week-end, et il s'agissait toujours de créatures interlopes très urbaines, n'appréciant rien d'autre que le confort des métropoles. Jamais l'une d'elles n'avait émis le désir d'user ses talons !

— Mais c'est que… La distance jusqu'au palace est plus importante que tu n'imagines, observa-t-il. Et le soleil tape ! Nous pourrons faire la visite du centre historique cet après-midi, et…

— J'ai dormi, dans l'avion, rappela-t-elle. Toi aussi, non ? Tu es fatigué ?

Son énergie était communicative. Après avoir prié le chauffeur de porter leurs bagages au palace, il retrouva le plaisir de se promener avec Alicia – ce qui n'avait rien de surprenant, puisqu'ils avaient construit leur relation sur ce goût partagé des pérégrinations.

Il éprouva une joie indescriptible à la regarder s'enthousiasmer pour chaque détail : le pont, l'étroitesse des rues, la majesté de l'architecture.

— Mais c'est un labyrinthe ! s'exclama-t-elle. Les gens doivent se perdre, ici !

— Non, tu verras, dit-il en riant, il est très facile de retrouver son chemin. Si tu te perds, il te suffit de revenir juste là, sur cette *piazza*, celle d'Archimède.

Comme ils parvenaient au pied de la fameuse fontaine érigée au centre, Dante sentit l'anxiété le gagner : le lendemain soir, il devrait rassembler tout son courage pour rompre avec son père.

— Nous dînerons avec ma famille dans ce restaurant, annonça-t-il en pointant l'établissement le plus renommé de Syracuse.

Alicia n'aurait su dire pourquoi ce dîner familial la mettait si mal à l'aise. Peut-être parce que, dans ses rêves les plus fous, *autrefois*, elle aurait voulu que Dante la présente *vraiment* aux siens comme sa fiancée. Un rêve qui s'était fracassé contre le mur de sa chambre, une certaine nuit, lorsque Sœur Angélique lui avait présenté le fruit des amours de Dante et d'une autre habitante de Trebordi…

— J'ai un peu peur au sujet de demain soir, avoua-t-elle.

— Pourquoi ?

— J'aimerais leur plaire. Qu'ils m'apprécient.

Le rire de Dante résonna avec cynisme.

— Ils ne m'apprécient déjà pas, alors… Mais ne t'en fais pas. Nous aurons des cocktails pour noyer la gêne.

Alicia fronça les sourcils.

— Je ne risque pas de faire bonne impression en me présentant à eux à moitié ivre !

Dante s'esclaffa et lui prit la main pour l'inviter à se retourner vers le sommet de la fontaine. L'immense sculpture était dominée par une déesse.

— Diane chasseresse, dit-il. Tu vois ? Elle porte son arc et ses flèches.

Alicia, qui connaissait fort bien ce personnage essentiel de la mythologie, ne put s'empêcher d'ajouter :

— Ce n'est pas seulement la déesse de la chasse. C'est aussi celle de la maternité.

— Ne nous approchons pas trop, alors, plaisanta-t-il.

Il ne lâcha pourtant pas sa main. Au contraire, il se tenait si près d'elle que son parfum chatouillait ses narines.

— Je te montrerai aussi la statue d'Aréthuse dans la fontaine qui lui est dédiée, souffla-t-il. C'est la déesse de la virginité. Elle venait d'ôter ses vêtements pour se baigner, mais quand Alphée a vu sa beauté, l'eau a frémi de désir… Comme pour nous…

L'attirance était magnétique. Impossible de savoir s'il était sous le charme de sa vivacité naturelle ou de son irrésistible silhouette – les deux, sans doute. Dante se sentait aimanté.

— Je doute qu'elle ait porté une culotte qui lui montait jusque sous les aisselles, répliqua-t-elle, une note tendue dans la voix.

C'était incroyable. Elle ne pensait qu'à ce détail infinitésimal ! Cette histoire de sous-vêtements remontant à une dizaine d'années l'obsédait !

— Alicia, je n'ai aucun souvenir de cette culotte.

— Ta galanterie t'honore, mais…

— Mais rien du tout, coupa-t-il. Comment peux-tu t'imaginer que je prêtais la moindre attention à tes sous-vêtements ?

Il se rappelait ses seins sous la douche. Sous le savon qui servait de prétexte aux caresses. Il se rappelait le goût sucré de ses tétons dardés, et la finesse de sa peau, entre ses cuisses. Son regard, aussi, quand ils faisaient l'amour…

— C'est *vrai* ? insista-t-elle en levant vers lui un regard empli d'espoir.

Dante déglutit lentement.

— Je sais seulement que si tu ne les avais pas portés

dans la rivière… Que j'avais très envie, dans l'eau, de te déshabiller et de…

— Et de quoi ? murmura-t-elle, comme il venait de s'interrompre.

Il resta immobile, face à elle. Ses cheveux étaient très longs. Noirs et brillants, comme les siens. En cet instant, ses yeux en amande et sa lèvre supérieure aussi charnue que celle du bas l'hypnotisaient. Alicia n'était pas jolie. Elle était d'une beauté renversante.

— Je me souviens du grain de beauté juste au-dessus de ton sein gauche, murmura-t-il.

— Et quoi d'autre ? chuchota-t-elle.

Il posa ses deux mains sur ses hanches. Ces hanches rondes et fermes, si souples qu'elles ondulaient en épousant chacun de ses mouvements, lorsqu'ils faisaient l'amour…

— Ce n'est pas le prélude idéal pour un week-end sans sexe, lâcha-t-il.

— Il m'arrive de dire des choses que je regrette, souffla-t-elle.

— Je sais.

— Parçe que je parle trop vite.

— Je sais. Et je voudrais que tu saches que ni ce jour-là ni aujourd'hui, tes sous-vêtements n'ont été autre chose que le détail d'un moment magique.

Incapable de résister plus longtemps, il l'attira contre lui et happa sa bouche. Ces lèvres à la fois si fraîches et si tièdes, si douces et si familières qu'il eut l'impression de mordre pour la seconde fois dans le fruit défendu. La jeune femme résista une fraction de seconde avant de répondre avec ferveur à son initiative, et il sentit son excitation le déborder. Ce n'était pas un émoi d'ordre uniquement sensuel, non. Il y avait autre chose. Une ivresse indéfinissable le saisit, tandis qu'il retrouvait le plaisir d'enrouler sa langue autour de la sienne.

Toutes ces années, il avait cru être incapable de retrouver une sensation si puissante dans le baiser d'une autre *parce qu'Alicia était sa première fois*. En cet instant… Cette étreinte était si électrisante, et le martèlement dans sa cage thoracique l'assourdissait si bien qu'il éprouva un doute terrifiant.

Et si ce baiser provoquait un tel tumulte en lui *parce que c'était Alicia* ?

— Dante !

La voix derrière eux le fit sursauter, il sentit Alicia se pétrifier, et ils s'arrachèrent l'un à l'autre d'un même mouvement.

— Matteo… Salut, répondit-il.

Recouvrant ses esprits, il sourit à Alicia et fit les présentations.

— Mon demi-frère, Matteo et son épouse, Rosa. Et voici Alicia…

Les joues de sa compagne avaient viré au cramoisi, comme s'ils venaient de se faire surprendre par une bonne sœur de son couvent. Et elle était désarmante…

— Nous allions prendre un café en ville, vous vous joignez à nous ? suggéra Rosa.

— Une autre fois. Alicia est fatiguée, et nous n'avons pas encore mis le pied à l'hôtel.

— Pas de problème. Dans ce cas, on se verra au plus tard demain soir ?

Dante acquiesça. Mais dès que le couple disparut, Alicia le fusilla du regard et lança d'un ton accusateur :

— Tu les as vus, n'est-ce pas ? C'est pour cela que tu m'as embrassée !

9.

Une nouvelle fois, elle s'était laissé manipuler, et il se servait d'elle comme d'un jouet ! Blessée, humiliée, Alicia ravala un sanglot, interdisant à sa colère de muer en chagrin.

— Comment voulais-tu que je devine que mon frère et sa femme passeraient ici précisément maintenant ? se défendit Dante. Et ne me raconte pas d'histoires : tu en avais envie autant que moi. Maintenant, suis-moi.

En silence, ils traversèrent un vieux quartier en direction du rivage, et Alicia vit se dresser devant elle les contours majestueux d'un ancien fort transformé en palace. Naturellement, grâce à son plan architectural, la bâtisse donnait directement sur un long ponton dominant la mer.

Pour son étonnement, Dante l'engagea à le suivre dans l'escalier d'une tour. Un escalier étroit, aux marches hautes et interminables.

— Je ne comprends pas… Nous n'avons pas franchi de hall. Tu ne vas pas me faire croire que tu fais passer tes invitées par ici, d'habitude ? Il doit y avoir un escalier principal et un ascenseur, non ?

— Absolument, acquiesça-t-il. Et même un ascenseur privé pour le *penthouse* où j'ai ma suite. Un peu de courage, nous y sommes presque.

Alicia étouffa un juron et sentit le soulagement la gagner lorsqu'ils sortirent de la tour.

— Regarde ! lança-t-il avec fierté. Ça ne mérite pas un petit effort ?

— Oh ! mon Dieu…

Émerveillée, Alicia posa les mains sur la rambarde en métal. Syracuse était à ses pieds, tout en bas, et au-delà, à perte de vue s'étendait toute la partie sud de la Sicile ! L'observatoire de l'ancien fort lui offrait le plus merveilleux des cadeaux : une vue plongeante sur son pays – son enfance, ses racines.

Émue, elle sentit les larmes lui monter aux yeux.

— Oh ! Dante…

Il l'attira dans ses bras et la serra avant de l'embrasser avec tant de passion qu'elle crut défaillir. Son baiser était fougueux, comme porté par un sentiment profond, éternel. C'était exactement ainsi qu'elle rêvait d'être embrassée : dans un élan qui renversait tout sur son passage. Jetant éperdument ses bras autour de son cou, elle se pressa étroitement contre lui écrasant ses seins contre son large torse.

C'était un démenti parfait à l'accusation qu'elle portait un moment plus tôt, lorsqu'il l'embrassait devant son frère. Trop parfait, peut-être ?

— Et maintenant, dit-il en posant une main sur la sienne tout en désignant la vue, ne bouge plus et regarde droit devant toi. Tout droit, là-bas.

Alicia retint son souffle.

— Je n'avais jamais vu la Sicile ainsi. Finalement, je ne l'avais jamais vue…

Il sourit.

— On distingue toujours mieux les choses en reculant d'un pas, non ?

Elle hocha la tête, ne sachant comment comprendre cette phrase à double sens.

— Ce que tu veux me montrer là-bas, c'est…

Elle n'osait pas le dire. Oui, elle aurait aimé apercevoir Trebordi.

— Non, notre île est cachée par la péninsule de *La Maddalena*. Mais tu te rappelles ? Par temps clair, sur le chemin des douaniers, nous pouvions apercevoir son phare qui est maintenant ici, sous tes yeux.

— Oui, c'est vrai ! s'exclama-t-elle.

— Et Trebordi n'est qu'à deux heures de vol. Viens, maintenant, je vais te faire visiter l'hôtel, et nous pourrons revenir admirer la vue quand la ville est illuminée, le soir.

— D'accord, agréa-t-elle en le suivant pour descendre de la tour. Le fort tout entier appartient à ton père, alors ?

— Ah ! non. Il est à moi et bien à moi ! asséna-t-il d'un ton possessif. Il m'a fallu des années pour être en mesure de faire une offre... Mais comme je te le disais, il mérite bien quelques efforts.

— Incroyable... Depuis quand a-t-on transformé cet ancien fort en établissement hôtelier ?

— Il a d'abord été la propriété privée de je ne sais quelle petite famille princière, puis le palais a été réinvesti par des aristocrates vénitiens, avant d'être ouvert aux touristes dans les années 1950. J'avais d'abord l'intention d'en faire un complexe hôtelier avec boutiques et spa, mais le classement aux monuments historiques complique le projet et finalement, je me demande s'il n'est pas préférable de restaurer la galerie nord ; conserver le même nombre de chambres et recréer un musée indépendant en plus...

Alicia écoutait sans mot dire, tant elle était stupéfaite par la beauté du décor. Le sol en granito du grand hall était en soi une œuvre d'art, de même que les immenses comptoirs de réception en chêne massif, éléments de modernité soulignant la majesté du plafond à ogives. Lignes pures, matériaux nobles, espace : sous cet édifice, tout respirait le calme et la volupté. Alicia appréciait la sobriété des murs à la chaux et des longs tapis de style kilim dans les couloirs.

L'appartement de Dante, au second étage, disposait d'une imposante terrasse face à la mer, et Alicia resta bouche bée devant l'immensité des lieux.

— Nous allons déjeuner ici dans un quart d'heure. Toi,

je ne sais pas, mais moi, je meurs de faim. Je t'emmène voir ta chambre pour t'ouvrir l'appétit ?

— Volontiers.

Éberluée, elle le suivit dans une grande pièce aux murs peints en rose sous leur frise à motif corinthien – rose.

Sur un lit en ébène ancien, aux pieds tournés et aux montants savamment sculptés, trônait un matelas de luxe. Draps de lin rose pâle, courtepointe rose grisé, coussins framboise et oreillers blancs brodés à la main de ravissantes petites roses…

— C'est la chambre que tu occupes quand tu es seul, je suppose ? railla-t-elle.

— Absolument. C'est la suite de maître. Je te la prête, et je prends la chambre d'amis durant ton séjour.

Alicia sourit. Au fond, il n'aurait rien eu d'étrange à ce qu'un homme occupe cette pièce tout en rose, car les dégradés de pigments et l'harmonie générale avaient été conçus avec une infinie subtilité. Sur un parquet aussi sombre et ancien, entre des murs aussi austères, la palette des roses jouée sur tous les tons apportait de la vie, de la joie, avec raffinement.

Intriguée, Alicia traversa l'immense chambre pour pousser la porte de la salle de bains attenante.

— Oooh !

C'était incroyable. Faïences murales ivoire avec cimaises rose dragée, baignoire à serres d'aigles et large lavabo où la touche de rose ne surmontait que l'émail de la robinetterie, et douche italienne à mosaïque de quatre tons roses… Spontanément, si Alicia avait dessiné sa salle de bains idéale, jamais elle n'aurait songé à cela. Pourtant, il fallait admettre que cette pièce exhalait une atmosphère de détente et… oui, d'érotisme !

En revenant dans la chambre où se tenait toujours Dante, Alicia se sentait d'humeur plus légère. Si bien que, dès qu'elle aperçut une cordelette en velours – rose, bien sûr – au-dessus du lit, elle prit un ton faussement ingénu pour susurrer :

— Dis-moi, Dante… À quoi te sert cette corde au-dessus de ton lit ?

À son regard, elle comprit qu'il entrait volontiers dans son jeu.

— Viens, dit-il d'une voix sirupeuse, ma chambre est par ici.

Amusée, elle lui emboîta le pas et manqua lâcher un cri en pénétrant dans sa suite.

Conçue dans des tons de jade, la chambre, d'une virilité presque effrayante, consistait en un espace austère, monacal, autour d'un lit creusé à même le mur ; comme un immense placard s'enfonçant dans la pierre, sous un baldaquin vert.

— Le matelas est moderne et très confortable, précisa-t-il. Mais c'est vrai, j'ai souhaité conserver le mobilier médiéval…

— Je vois ça, murmura-t-elle.

— Sinon, enchaîna-t-il, il aurait fallu boucher le mur et je trouve que ça aurait été dommage. Je n'ai pas besoin de climatisation l'été, et l'hiver…

Sans terminer sa phrase, il désigna le pan du mur opposé où elle aperçut, derrière un paravent à tapisseries anciennes, une cheminée monumentale.

— Je vois, murmura-t-elle, admirant au passage le système à coffrage du plafond, décoré de motifs à incrustations de jade et de scènes de mythologies.

Une véritable œuvre d'art.

En suivant les différentes scènes, son regard revint au lit, et elle s'en approcha, discernant une cordelette en velours vert qu'elle voulut actionner.

— Je ne te le conseille pas, prévint-il.

— Pourquoi ? Ta suite est hantée ? J'appellerais un fantôme, si je sonnais ?

— Pire qu'un fantôme, répondit-il en s'avançant lentement vers elle, un sourire complice aux lèvres.

Un frisson d'expectative la parcourait lorsqu'ils furent interrompus par le claquement de la porte d'entrée.

— *Room service* ! annonça une voix masculine.

— Oh ! bon sang, pesta-t-il.

— Ne te plains pas, répliqua-t-elle en riant. Tu avais faim, non ?

Ils s'installèrent sous le parasol de la vaste terrasse où le feuillage des oliviers en pots oscillait sous la brise maritime.

À Syracuse, la chaleur était moins suffocante qu'à Trebordi, songeait-elle au moment où, le serveur parti, Dante découvrit les cloches des plats chauds : raviolis au beurre et à la sauge, osso-buco et…

— C'est une *caponata* ? interrogea-t-elle, stupéfaite.

— Commande spéciale à mon chef de cuisine, confirma-t-il d'un hochement de tête.

Il s'en était souvenu ! C'était son plat préféré. Aubergines, oignons, tomates, olives et câpres, mijotés au vinaigre de noix.

— Merci, dit-elle avec émotion alors qu'il la servait.

— De quoi ?

— De ne pas avoir oublié que je raffole de cette recette.

— En fait, c'est un bon entraînement pour mon chef, j'aimerais que ce plat figure désormais au menu. Après tout, le restaurant de l'hôtel se flatte de proposer de la cuisine sicilienne authentique.

Face au ponton et à la mer, ils dégustèrent leur opulent déjeuner de bon appétit.

— Ton frère et sa femme sont déjà ici… Ton père et ta belle-mère aussi ? demanda-t-elle

— Je leur ai offert le séjour pour tout le week-end, mais dans la partie de l'hôtel qui donne sur la ville. J'ai fait retirer de leurs suites toute information concernant mon restaurant, et j'espère qu'ils prendront tous leurs repas ailleurs, soupira-t-il.

— Pourquoi ? Ils sont difficiles ?

— Oui, mais c'est surtout mon personnel que je dois ménager. Nous sommes de retour en Sicile, ne l'oublie pas. Mon chef est marié avec le majordome et ici, ce sont eux qui décident : notre restaurant affiche complet le week-end, alors quand je leur ai annoncé qu'ils devraient ajouter une table de six un samedi soir et mettre les petits plats dans les grands… Il y a eu un silence sur la ligne ! Et j'ai renoncé. Nous irons *Piazza Archimede.*

Alicia s'esclaffa.

— Bon, alors je me ferai moi-même mon café dans ta cuisine, demain matin, plutôt que d'actionner ma jolie cordelette rose, dit-elle.

— Cela vaudrait mieux, en effet, parce que ce n'est pas le *room service* qu'elle sollicite. Il s'agit d'un système de chambre à chambre, Alicia. Le seigneur signifiait à sa femme son besoin urgent qu'elle le visite… et réciproquement.

Alicia se doutait qu'il y avait une astuce là-dessous, mais la révélation la troubla.

— Au fait, j'ai oublié de te dire que Gino m'a envoyé un message. Il propose de venir dimanche, pour que vous vous rendiez ensemble à Trebordi. Si tu l'accompagnes au couvent, il sera plus facile d'obtenir des renseignements.

Alicia reposa sa fourchette de *caponata* dans son assiette.

— Je ne sais pas, murmura-t-elle.

Elle sentit le regard de Dante peser sur elle, mais se garda de relever les yeux dans sa direction.

— Alicia, je veux savoir ce qui t'est arrivé. On entend tellement d'histoires atroces, de nos jours, à propos de certains établissements religieux, et je…

— Non, non, rien de la sorte, assura-t-elle en vidant son verre d'eau. Les nonnes m'ont permis de vivre une enfance heureuse et protégée. Beaucoup d'enfants auraient aimé avoir ma chance.

— Mais alors quoi ? Je viendrai, si tu veux. Cela ne me gêne pas d'affronter ta fameuse mère supérieure.

— Non, je… J'y penserai, d'accord ? Et je te remercie de t'en soucier. Maintenant, parle-moi un peu de ton père. S'il est déjà ici, tu n'as pas envie de passer du temps avec lui ?

— Il m'a déjà coincé dimanche matin, je devrai prendre

mon petit déjeuner avec lui, répondit-il sombrement. Parce qu'il sait très bien de quoi il retourne, ce week-end. Il essaiera de me faire changer d'avis, et il n'y parviendra pas. Tu sais, Alicia, mon père n'a rien d'un ange.

Elle le considéra avec attention.

— C'est-à-dire ?

— Il m'a piégé, révéla-t-il. Il m'a eu par la surprise.

— Toi ? Impossible, tu es toujours sur tes gardes…

— Nous avons tous un talon d'Achille, et quand on retrouve un père… Il s'est emparé de ma vulnérabilité sans vergogne, pour l'exploiter à son avantage. Il a fait preuve d'une perversité inouïe et moi, j'ai cru à sa complainte du fils perdu et pleuré, ce fils qu'il voulait faire hériter de sa fortune et surtout, *surtout*, de ses intérêts dans plusieurs casinos…

— Au moins, il t'a ouvert sa porte et il a essayé de partager ce qu'il avait avec toi, observa-t-elle.

— Tu sais ce que c'est que le charisme ?

Elle hocha la tête, préférant ne pas lui avouer qu'elle se tenait attablée face à sa personnification.

— Mon père est né avec, expliqua-t-il, et il a consacré toute sa vie à le cultiver. Il a gagné de l'argent de la façon la plus paresseuse qui soit, en investissant de plus en plus gros sur les conseils d'une grande banquière, une spécialiste de la haute finance à qui il a promis, je suppose, les mêmes monts et les mêmes merveilles qu'à ma mère… Quoi qu'il en soit, il a ensuite profité de ses acquis, et noué des amitiés douteuses avec des gens qui lui ont cédé des parts de leurs casinos. Tu as vu Matteo ? Il a vécu dans le luxe, personne n'a jamais exigé le moindre effort de sa part et il est incapable de lever le petit doigt. Mon père l'a vite compris. Alors tu penses, un fils élevé à la dure et très travailleur, qui lui tombait du ciel…

Mal à l'aise, Alicia commençait à mesurer le ressentiment et l'amertume que Dante accumulait.

— Je ne veux plus travailler à la place de mon père, à la direction de ses casinos.

Désignant le palace d'un ample geste, il enchaîna :

— Ici, c'est chez moi, et j'ai acquis le lieu avec de l'argent propre. Le mien. J'aime que mes employés aient du caractère, j'aime l'idée d'ouvrir un petit musée aux habitants et aux touristes, et j'ai envie de me consacrer pleinement à ce business. Ils n'en auront pas un mètre carré.

— Pourquoi, ils lorgnent dessus ?

— Ils voudraient investir dans des boutiques en lieu et place de la galerie : vêtements hors de prix et joaillerie, répondit-il avec une moue de mépris. Surtout Giustina. Je la soupçonne de voir dans ce projet une occasion de s'éloigner de son mari, qui se prend toujours pour Casanova…

— Après tout, elle a peut-être un amant, elle aussi, suggéra Alicia. Un amant qu'elle rêve d'appeler grâce à un système au-dessus de son lit…

Dante s'esclaffa.

— Tu crois ? Après tout, on avait prévu l'appel dans la chambre rose. Je me demande qui, de l'homme ou de la femme, appelait l'autre le plus souvent, à l'époque.

— Le plus étrange, c'est d'être parti du principe que chacun dormait de son côté, non ? interrogea-t-elle.

— Je ne trouve pas. J'aime dormir seul. Je déteste qu'on fasse du bruit à côté de moi, la nuit.

— Ah ? Moi au contraire, j'adorais sentir la présence de Béatrice de l'autre côté de la chambre, quand j'étais petite. Je trouvais cela rassurant. Sa respiration me berçait…

— Je peux laisser ma porte ouverte pour que tu m'entendes ronfler, si tu veux !

— Oui, d'accord.

— Je plaisantais, Alicia.

— Eh bien, moi pas, admit-elle. Je n'aime pas le silence, la nuit. Ça me rappelle ma chambre quand elle est partie, et…

Elle s'interrompit. Pas question de lui avouer qu'elle pleurait chaque nuit à chaudes larmes et que seule la présence d'un bébé, des années plus tard, avait rompu le cycle de ce chagrin.

— Et je déteste dormir seule, conclut-elle.

— Garde ça pour toi, conseilla-t-il. Ne le dis pas aux hommes.

Elle haussa les sourcils.

— Je te dis cela dans ton intérêt, enchaîna-t-il. Parce que je vois bien ce qui ne fonctionne pas dans tes relations intimes…

— Ah ? Eh bien, je t'écoute, dit-elle en le fixant droit dans les yeux.

— Tu es belle. Tu es vive, drôle, sexy, tu as beaucoup d'esprit…

— Mais ? interrogea-t-elle.

— Mais tu es dépendante.

— C'est faux ! s'insurgea-t-elle.

— Enfin, Alicia… Ta dévotion est totale et instantanée ! Il y a quinze ans que Béatrice te tourne le dos, et tu n'as jamais cessé de la chercher !

La gorge en feu, elle ne répondit pas.

— Nous faisons l'amour *une fois* et tu proposes de tout laisser tomber, ta vie, ton travail, ton Guido, pour me suivre à Rome, ajouta-t-il.

Naturellement, il en avait conclu qu'elle vouait le même attachement à n'importe qui croisait son chemin… C'était tellement injuste ! Tellement révoltant qu'un séisme avait lieu en elle, empêchant son chagrin d'empiéter sur ce qui lui restait d'orgueil.

— Merci, Dante, lâcha-t-elle d'une voix blanche. L'avis d'un play-boy professionnel me sera utile. Tu veux le mien ?

— Non, merci.

— Il est gratuit, précisa-t-elle.

— Je n'en ai pas besoin.

— Oh ! je t'assure que si, Dante.

— C'est impossible, Alicia, maintint-il d'une voix d'acier, en soutenant son regard. Parce que moi, je n'ai pas envie de donner sa chance à une relation… Je ne veux pas de vie de couple. Je ne recherche pas la même chose que toi.

Alicia serrait la mâchoire pour ne pas exploser.

— Ah. Mais dans ce cas, peux-tu me dire ce que nous devons raconter à ta famille demain ? Que nous sommes de vagues connaissances ?

— Je ne dirai rien. Ils projetteront ce qu'ils voudront.

— Tu vas leur cacher qu'on se connaît depuis l'enfance ? articula-t-elle avec soin, redoutant déjà la réponse.

Il haussa les épaules avec dédain.

— Qu'est-ce que ça peut faire ?

Chaque mot sortant de sa bouche avait l'effet d'une lame s'enfonçant dans sa chair. Elle resta interdite un instant, puis elle se leva, jeta sa serviette sur la table et déclara :

— Je crois que je vais aller visiter la ville. Seule. Je n'aime pas entendre du bruit à côté de moi quand je marche, et j'ai besoin de me concentrer pour interpréter mon rôle à la perfection demain soir.

Il s'esclaffa, puis il se leva, livide, en la regardant quitter la terrasse.

— Alicia, arrête… C'est ridicule, voyons ! Reviens ! Non, ne claque pas la porte ! gronda-t-il à l'instant précis où elle franchissait le seuil de la suite, refermant la porte à toute volée.

10.

Dante poussa un soupir de soulagement en voyant le premier rayon du soleil filtrer par la fenêtre de sa chambre.

Il avait passé la nuit à attendre le matin.

Non seulement Alicia avait passé tout l'après-midi seule en ville, sans lui, mais dès son retour, elle avait prétexté une migraine pour s'enfermer dans sa suite, refusant de partager le dîner avec lui.

Quelle autre femme pouvait bouder aussi longtemps ? À sa connaissance, aucune. Tout cela parce qu'il lui avait donné un conseil amical à propos de sa vie affective ! Bon sang, quel caractère de chien !

Oh ! il se rendait compte que si ce résumé de la situation était exact, il n'éprouverait pas tant de culpabilité. Un goujat. Voilà ce qu'il était. Un sauvage, un rustre. Et un imbécile dévoré de jalousie… Car il enviait la loyauté sans faille dont bénéficiait Béatrice, alors que lui, il subissait la colère et le ressentiment de la jeune femme sans en saisir la cause ! Depuis le début, elle se servait de lui pour qu'il l'aide à retrouver celle qui avait été sa seule famille, ce qu'il pouvait comprendre, évidemment, mais… *Elle le faisait à contrecœur* ! Comme si elle sollicitait un ennemi.

Néanmoins, après la scène de la veille, c'était à lui qu'il revenait de faire le premier pas, et il se leva. Après avoir enfilé son peignoir, il alla chercher le chariot commandé tout spécialement aux cuisines, et attendit dans le couloir, l'oreille collée à la porte de la suite en rose.

Pas un bruit… Évidemment. À quoi s'attendait-il ?

Il réfléchit. S'il la réveillait, elle pouvait mal réagir, mais s'il attendait d'être sûr qu'elle soit debout, elle l'enverrait promener.

Allons, du courage, s'intima-t-il.

— *Buongiorno* ! Le petit déjeuner de Votre Altesse est servi ! chantonna-t-il en pénétrant dans la pièce.

Étonné, il trouva Alicia adossée à son oreiller. Le rideau de sa fenêtre était ouvert, les lueurs de l'aurore révélant ses jolies épaules nues et les bretelles d'une nuisette en dentelle.

— Ah, tu ne dormais pas, reprit-il en souriant.

— Non, répondit-elle d'un ton pincé.

Bigre. Elle avait un air aussi fâché que la veille. D'un geste théâtral, il désigna fièrement son chariot rempli de victuailles et récita :

— Café-crème, beignets à la ricotta, épinards, tapenade, paniers feuilletés aux anchois et aux câpres, raviolis de…

— Non merci, je tiens à mes artères, coupa-t-elle sèchement. Et finalement, je crois que je vais faire la grasse matinée. À plus tard !

Pour bien appuyer cette résolution, elle disparut sous le drap et lui tourna le dos.

L'exaspération de Dante atteignit son point culminant. Oh non, elle n'allait pas lui imposer cette comédie plus longtemps ! D'un bond, il se précipita sur son lit, la prit par les épaules et la contraignit à lui faire face.

— Quel est mon crime ? M'être mêlé de ta vie sentimentale ?

Visiblement peu impressionnée, elle le tança d'un regard assassin.

— Que vas-tu dire à ta famille ? Tu vas leur cacher notre amitié ?

Décontenancé, il réalisa que c'était à cause de *cela* qu'elle s'était mise dans une telle colère.

— Tu as honte de ce que nous avons été ! accusa-t-elle

d'une voix vibrante. Tu piétines notre enfance ! Tu me déguises en *fashionista* pour ton père, parce que tu ne veux pas qu'on sache que j'ai été élevée dans un couvent, c'est ça ?

— Tu es folle ! s'emporta-t-il. Les vêtements neufs, c'était juste pour que tu te sentes plus à ton aise ! Et tu crois que je peux évoquer ma vie de sauvageon auprès de ma mère sans que Giustina se transforme en bouledogue ? Non, je ne leur en parle pas. *Jamais*. Tu voudrais quoi, au juste ? Que je te présente comme celle avec qui j'ai fait l'amour le jour des obsèques de Maman ?

Les joues rosies par la fureur, la jeune femme se débattit vivement.

— Va te faire voir, Dante ! Et lâche-moi !

— Pas question ! Parce que la vérité, Alicia, c'est que tu inventes des prétextes pour que nous ne parlions pas de ce que *tu* caches. Tu m'as pistée jusque dans l'hôtel où je séjourne à Milan, et tu es venue dans ma suite dans l'intention de me séduire. Pour que je te donne ce que tu voulais ! C'était malhonnête !

— Te séduire ? répéta-t-elle. Tu ne manques pas de culot, alors que tu m'as littéralement fait tomber sur ton lit…

— Oui, pour te prendre à ton propre piège, mais ensuite, c'est toi qui as tenté de…

— Tu mens, Dante, c'est complètement faux !

— C'est toi la menteuse, affirma-t-il avant de l'embrasser avec une passion qui le surprit lui-même.

Jamais il n'avait désiré une femme comme Alicia en cet instant, et il l'attira tout contre lui au moment précis où elle s'abandonnait, à son tour, au désir qui les guidait.

Voracement, ils s'embrassèrent, s'arrimant à ce baiser comme si leur vie en dépendait.

— Enlève ça ! ordonna-t-il, le souffle court, désignant sa nuisette noire en dentelle, tout en jetant son peignoir à l'autre bout de la pièce.

Pour toute réponse, elle bascula sur lui pour le chevaucher

– ouvrant ses cuisses et lui révélant la moiteur torride de son sexe. Ivre de désir, il la pénétra d'un puissant coup de reins et regarda la nuisette valser par-dessus le lit.

Les adorables petits seins d'Alicia, ronds et fermes, dressaient leurs pointes roses, et elle fermait les yeux en savourant les premières vagues du plaisir.

— Oh ! Alicia…

Un instant après, ils inversaient leur position et, sans cesser d'aller et de venir en elle, Dante happa ses tétons entre ses lèvres, retrouvant leur goût unique. La saveur d'Alicia. La peau d'Alicia. Ses mouvements emportés, saccadés…

Le plaisir éclatait, surpuissant, dans chaque atome de son corps.

— Tu avais envie de moi comme maintenant, ce matin-là, dit-il en plongeant son regard dans le sien, embué de désir.

Elle gémit de plaisir avant de lâcher :

— Non !

— Quelle menteuse…

Dans l'ivresse qui l'emportait, il l'embrassa avec ferveur et s'enfonça plus profondément en elle, savourant chaque cri de plaisir qu'il lui arrachait jusqu'à la regarder convulser sous l'effet de l'orgasme.

Il y avait peut-être cinq, dix ou trente minutes qu'ils étaient immobiles l'un contre l'autre, trempés de sueur. Dante perdait la notion du temps. Son cœur cognait toujours tel un gong dans sa poitrine, et il était incapable d'articuler un son.

La colère décuplait la passion, et la passion était décuplée par les jours et les nuits qu'il avait passés à désirer Alicia depuis leurs retrouvailles. Certes. Pourtant, l'intensité de ce qu'il venait de vivre restait… toute nouvelle. Et à vrai dire, inquiétante.

Enfin, il se redressa sur le matelas et lui sourit. Ses longs cheveux d'ébène formaient un cercle autour de sa tête, sur l'oreiller, et jamais ses yeux en amande n'avaient paru plus brillants. Des éclats d'or révélaient le brun profond de son regard.

— Oh ! Dante, tu te rends compte de ce que nous venons de faire ? demanda-t-elle d'une voix n'exprimant rien d'autre que l'effroi le plus pur.

Vexé, il hésita avant de répondre :

— Je regrette de t'avoir déçue, et je…

— Nous n'avions pas de protection ! coupa-t-elle.

Il blêmit. Non seulement cela ne lui avait pas traversé l'esprit sur le moment, mais il n'y avait pas pensé non plus après !

— Bon sang… Ça ne m'est jamais arrivé !

Elle lui renvoya un regard furibond, comme si elle n'en croyait pas un mot.

— Tu prends la pilule ?

— Non !

Il ferma les poings et inhala une longue goulée d'air avant de répondre, d'un ton aussi rassurant que possible :

— Bon, pas de panique. Il n'y a pas de raison pour qu'une seule fois se termine forcément par…

— Ne me raconte pas de sornettes, Dante ! protesta-t-elle en se redressant dans le lit avec une incompréhensible rage. Et n'essaie pas de me faire croire que ça ne t'est jamais arrivé, alors que neuf mois après ton retour…

Elle s'interrompit, et il eut l'impression que le ciel venait de s'abattre sur son crâne.

— Quoi ? lâcha-t-il en la dévisageant d'un air scandalisé. Tu… Tu as osé garder ce secret pour toi *durant dix ans*, Alicia ? Et tu choisis de me le dire *maintenant* ?

— Oui, je te le dis maintenant, Dante ! Tu as un fils ! Il s'appelle Roberto.

Il y avait des jours qu'elle cherchait la façon de le lui apprendre et à l'évidence, celle-ci était la moins sensée. La plus brutale. Mais tant pis : elle ne pouvait plus se taire.

— *Maintenant*, répéta-t-il médusé. Pas il y a cinq minutes, non ! Tu veux lui donner un frère, ou quoi ?

— Moi non ! s'exclama-t-elle, outrée par sa supposition. Je n'y suis pour rien, et je ne connais pas l'identité de celle avec qui tu as passé la nuit, au village, quand tu es revenu ! La seule chose qui me paraisse évidente, c'est que je ne représentais pas grand-chose à tes yeux ! En tout cas pas plus qu'une récréation !

— Alors là, Alicia, tu te surpasses ! éructa-t-il. Dans ta collection de mensonges, celui-ci restera à mes yeux comme ton chef-d'œuvre !

— Je ne mens pas, Dante, répondit-elle calmement. Le bébé qui a été abandonné... C'est ton fils.

Il la considéra d'un regard écœuré et secoua tristement la tête.

— Admettons que tu ne le saches pas... Je te l'annonce : c'est impossible.

— Sœur Angélique l'a trouvé, et elle a compris tout de suite qu'il était de toi, révéla-t-elle. Ensuite, elle est montée dans ma chambre et m'a accusée d'être la mère, d'avoir caché ma grossesse. Elle avait fait le calcul, et les obsèques avaient eu lieu neuf mois auparavant, quasiment jour pour jour. Or elle m'avait vue rentrer du refuge : il était tard, j'avais les cheveux défaits et la robe toute chiffonnée... Immédiatement, elle s'est aperçue que j'avais perdu une boucle d'oreille.

— Et alors ? protesta-t-il. Je suis donc le père de tous les bébés nés neuf mois après nos ébats ?

— Ne plaisante pas avec un sujet aussi grave ! Il a tes yeux, ton front, tes cheveux, et... Exactement les mêmes orteils que toi !

— Où est cet enfant ?

— Dans sa famille, auprès des parents qui l'ont adopté, qu'il aime et qui l'aiment. Ce qui ne te dédouane en rien ! Comment as-tu osé faire ça, Dante ?

Il la dévisageait comme si elle parlait une autre langue. Il avait l'air abasourdi.

— Tu connais la mère ?

— Non.

— Ne te fiche pas de moi, Alicia. Ces rumeurs dont tu m'as parlé, toute cette haine du village contre moi, parce que j'avais le malheur d'être le fils d'une « dame de petite vertu » … Qui est la mère ?

— Comment veux-tu que je le sache ? opposa-t-elle. Je sais juste que les gens parlaient du temps que tu as passé dans la maison de la *Signora* Schinina, à ton retour.

— Évidemment ! Je comprends qu'on m'ait prêté tous les vices de la terre pendant que je triais ses affaires ! s'énerva-t-il.

Indifférente à ses protestations, elle secoua tristement la tête et répéta :

— Comment as-tu osé faire ça ?

— Tu sais très bien que je n'ai rien fait, Alicia. Ranger la maison, assister aux obsèques, passer une partie de la journée avec toi et partir : je viens de te réciter mon emploi du temps complet à mon retour sur l'île.

— Je ne te crois pas.

— Tant pis pour toi, répliqua-t-il d'un ton sévère. Tu ne veux toujours pas retourner au couvent ?

— Non.

— Dans ce cas, je vais me rendre seul à Trebordi.

— Dante, je t'en supplie, ne trouble pas la vie de ce petit garçon ! supplia-t-elle, comme il quittait la pièce.

Effarée, elle le suivit jusque dans sa chambre, puis dans la salle de bains où il prit une douche de trois minutes.

— Tu ne peux pas faire ça ! insista-t-elle pendant qu'il se séchait. Tu n'as pas le droit !

— Bien sûr que si.

— Oh ! non…

Elle se prit la tête dans les mains et geignit :

— Je n'aurais jamais dû t'en parler.

À la hâte, il enfila un T-shirt gris et un pantalon en toile noire. C'était la première fois qu'elle le voyait en tenue décontractée, les cheveux hirsutes et le menton très gris, depuis leurs retrouvailles.

— Apparemment, tu ne pouvais plus contenir ton fiel, accusa-t-il. Et qu'est-ce que tu fais ici ? Tu ne veux même pas me laisser m'habiller tranquillement ?

— Tu me dois au moins une explication !

— Je ne te dois rien. Nous ne sommes rien, Alicia. Sûrement pas un couple, en tout cas.

Lentement, elle déglutit en ignorant les battements affolés de son cœur.

— Mais… des amis ? murmura-t-elle.

— Tu plaisantes ?

Il passa la ceinture à son pantalon et conclut :

— Nous *avons été* amis. Si les vrais amis s'accrochent à des racontars pendant une décennie complète, en ressassant leur hostilité… Merci bien, je m'en passerai.

— J'ai de quoi être choquée ! se défendit-elle.

— Tant mieux pour toi, dit-il en enfilant ses chaussures avant de conclure :

— Bonne journée !

Immobile, Alicia fit la grimace en voyant la porte trembler sur ses gonds. Il était parti.

— Je vous assure que la mère supérieure n'est pas disponible aujourd'hui, mais si vous prenez rendez-vous…

Dante n'attendait pas depuis une demi-heure devant la grille du couvent pour se satisfaire de cette réponse.

— Pouvez-vous lui transmettre un message, ma Sœur ? suggéra-t-il d'un ton perfide. Dites-lui que si elle ne peut m'accorder le conseil avisé que j'attends d'elle, je vais être contraint, ce qui sera fâcheux, de régler un problème fort délicat par mes propres moyens…

Dix minutes après, la religieuse revint en lui faisant signe de la suivre.

Il traversa le prieuré et gravit l'escalier qu'Alicia lui avait décrit cent fois. Parvenu devant le bureau, il contempla les sièges et le couloir. Il pouvait presque entendre les rires étouffés de Béatrice et d'Alicia, lorsqu'elles étaient convoquées par l'abbesse.

— Entrez, je vous en prie, dit la nonne.

À peine mit-il le pied dans la belle salle aux fenêtres en ogives qu'il vit une dame âgée, au visage avenant, se lever d'un geste courtois.

— Merci, Sœur Angélique, dit-elle. Vous pouvez nous laisser.

Il attendit qu'elle l'invite à s'asseoir pour s'installer dans un fauteuil aussi élégant que rigide.

— Vous vouliez me voir au sujet d'une affaire délicate, m'a-t-on dit ?

— Un bébé, acquiesça-t-il.

Il s'était résolu à aller droit au but.

— Ah, je vois… Mais je vais sans doute vous décevoir : lorsqu'une adoption est finalisée, il m'est impossible de communiquer la moindre information. Vous allez devoir vous rendre dans les bureaux de l'assistance publique et remplir une demande de…

— Rassurez-vous, coupa-t-il, je n'ai nullement l'intention de troubler l'existence de l'un de vos anciens protégés. Il se trouve que je viens d'apprendre que mon frère a probablement été abandonné à votre porte.

— Votre frère ? s'étonna la mère supérieure. C'est-à-dire que nous… Que je…

Elle s'interrompit, révélant à Dante qu'elle le reconnaissait et qu'elle savait pourquoi il était venu – même si elle était victime de la même méprise qu'Alicia.

— Je n'ai pas de fils, expliqua-t-il en la regardant droit dans les yeux. Mon père a assisté aux obsèques de ma mère sans m'en informer. À distance. Et je crois qu'il s'est attardé dans ce village où il avait déjà…

Il s'éclaircit la gorge avant de préciser :

— Je ne le crois pas, je l'affirme. C'est la seule explication plausible.

L'abbesse hocha lentement la tête.

— Dans ce cas monsieur, je vous dois des excuses, dit-elle.

— Inutile. Il semble que vous n'ayez pas été la seule à commettre cette erreur.

Il souffrait encore qu'Alicia ait pu également bondir sur cette conclusion, renvoyer les moments sacrés qu'ils avaient partagés à… Au néant. Car pour lui, ce souvenir était infiniment précieux.

— Malheureusement, je n'ai pas la liberté de m'entretenir de cet enfant avec vous, enchaîna-t-elle.

— Je le comprends. Dites-moi seulement ce que j'ai le droit de savoir à propos de Roberto ?

À sa surprise, l'abbesse se leva.

— Venez, cette conversation sera plus agréable en nous promenant, suggéra-t-elle en l'invitant à descendre dans le jardin du prieuré.

Comme ils quittaient le bureau, elle en informa Sœur Angélique :

— Le *Signor* Schinina et moi allons faire quelques pas dehors.

Elle avait raison, constata-t-il dès qu'ils déambulèrent sur le promenoir propice à la méditation et à la paix.

— C'est un petit garçon très épanoui, révéla l'abbesse. Je peux attester au moins de cela. Ses parents sont des gens fiables et dévoués qui lui offrent beaucoup d'amour. Il aime l'école et c'est un bon élève.

Ces mots agissaient comme un baume sur le cœur de Dante.

— Puis-je vous demander combien de temps il est resté ici ?

— Quelques mois. Le premier couple qui voulait l'adopter a dû y renoncer parce que… Enfin, ça n'a pas marché.

Une angoisse le traversa.

— Il est passé de bras en bras, alors ?

— Oh ! non. Roberto a été recueilli ici quelques heures

après sa naissance, et il a été choyé avec tendresse jusqu'à son départ chez ses parents. Il avait neuf mois. Depuis, il a eu une petite sœur. Mais dites-moi…

Elle leva vers lui un regard brillant de curiosité.

— Depuis quand connaissez-vous son existence ?

Dante n'eut pas envie de mentir.

— Depuis ce matin.

— Ah… Je comprends que vous soyez si bouleversé.

— Je ne suis pas bouleversé, assura-t-il. Je n'ai rien d'un affectif.

— Vous croyez ? riposta la mère supérieure d'un ton amusé. Vous m'avez pourtant l'air d'appartenir à l'espèce humaine.

Dante sourit. Balayant la grande cour intérieure d'un regard intrigué, il ajouta :

— Ma mère a été pensionnaire ici.

L'abbesse lâcha un long soupir.

— Oui. Nous n'avons pas su la soutenir comme nous l'aurions dû. Envers elle aussi, je nourris de profonds regrets.

— Comment cela ?

— Autrefois, on croyait qu'il fallait insister pour que tous les enfants s'adaptent à la même scolarité, à une formule éducative rigide. On pensait sincèrement que c'était le meilleur moyen de les aider à réussir dans la vie. Du reste, globalement, cette méthode produisait d'excellents résultats, mais… Les fortes personnalités auraient mérité une adaptation de notre part. Je n'ai pas su l'offrir à votre mère. Ni à votre vieille amie.

— Ma vieille amie ? répéta-t-il.

— Alicia. Une enfant merveilleuse : gentille, affectueuse, foncièrement honnête. Mais d'une sensibilité à fleur de peau, et d'une intelligence rebelle qui nous a aveuglées, durant sa scolarité… Nous n'avons pas su nous rendre compte qu'elle souffrait d'une dyslexie sévère, et elle n'a jamais appris à lire convenablement. Elle rusait si bien pour dissimuler ses difficultés que je…

— C'est impossible, coupa-t-il. Vous devez confondre, ma Mère. Nous allions ensemble au cimetière, nous lisions les inscriptions sur les tombes et… Vous pensez à quelqu'un d'autre.

La religieuse sourit tristement.

— Comme je vous le disais, elle l'a très bien caché.

Durant une longue minute, Dante resta silencieux.

— Et sa sœur jumelle ? Béatrice ?

L'abbesse s'esclaffa.

— Elles n'étaient pas vraiment jumelles ! Mais Béatrice a longtemps été la seule à connaître le handicap d'Alicia, qui mémorisait tout ce que lui lisait son amie.

— Je vois.

— Vous savez…

L'abbesse parut hésiter avant de se tourner vers lui et de plonger son regard dans le sien.

— Alicia est vive, emportée, mais elle a un cœur d'or. C'est elle qui a pris soin de Roberto durant les neuf mois qu'il a passés ici. Elle lui a consacré toute son attention, toute sa tendresse. C'était pour l'adopter qu'elle a consenti à se fiancer avec Guido, avant de renoncer. Le jeune couple que j'évoquais tout à l'heure, c'était eux.

— Elle… Elle était prête à se marier *pour l'adopter* ? lâcha-t-il dans un souffle, tandis que sa gorge se nouait.

— Oui. À s'unir pour toujours avec un homme qu'elle n'aimait pas ! J'ai réussi à l'en dissuader : Trebordi n'avait plus rien à lui offrir, Roberto serait très heureux dans sa nouvelle famille et elle, il *fallait* qu'elle fasse sa vie ailleurs.

Dante ferma un instant les yeux, songeant à la vie qu'avait connu Alicia.

— Elle est forte, dit-il. Son énergie semble inépuisable. Mais le départ de Béatrice a été un traumatisme, et… Ma Mère, pouvez-vous me dire ce qu'elle est devenue ?

Son interlocutrice afficha une expression stupéfaite. *Un peu trop* stupéfaite pour être crédible, jugea-t-il.

— Béatrice ? Comment voulez-vous que je le sache… Il y a eu tant d'enfants, ici ! Et c'était il y a des années. Je regrette, je ne peux pas vous aider.

— Ma Mère, je ne veux troubler l'existence de personne, insista-t-il, mais si vous pouviez au moins vous rappeler où Béatrice a été inscrite lorsqu'elle est…

— Il vaut mieux ne pas ouvrir cette boîte de Pandore, mon fils, coupa l'abbesse.

Inutile d'insister, elle ne dirait rien, comprit-il. Pas question non plus de se satisfaire d'une telle fin de non-recevoir. Bon sang, il devrait attendre et tenter une autre approche par l'intermédiaire du détective.

11.

Enfin, il rentrait !

Fin prête pour se rendre au dîner avec sa famille, Alicia entendit la porte d'entrée s'ouvrir et poussa un soupir de soulagement.

Dans sa longue robe en soie gris-argenté, elle espérait son retour depuis une bonne heure. Elle avait lâché ses longs cheveux sur ses épaules et portait les boucles à rubis. Défiant son pronostic, les escarpins à brides noires et argentées se révélaient très confortables, malgré leurs talons de dix centimètres.

Il ne l'avait pas appelée. Il ne venait pas la chercher. Sans doute était-il dans la même humeur que ce matin, songea-t-elle sombrement. Pour autant, elle n'allait pas rester à se morfondre, seule entre ses quatre murs roses !

Prenant son courage à deux mains, elle alla frapper à la porte de la suite en vert.

— Entre !

Traversant la pièce, elle le trouva debout devant le miroir de la salle de bains, occupé à se raser.

— J'ai discuté avec la mère supérieure, dit-il d'une voix paisible. Je t'en parlerai plus tard : ce n'est pas une conversation à entamer avant de nous rendre au restaurant.

— Ah non ? murmura-t-elle maladroitement, ne sachant que répondre.

En silence, elle le regarda se rincer. En se retournant vers elle, il la considéra d'un regard expert et livra son jugement :

— Tu es époustouflante.

— Tu ne le penses pas…

— Oh ! que si ! Cette tenue te va à merveille et je suis ravi que pour l'occasion, tu aies renoncé à attacher tes cheveux. Tu es radieuse, Alicia. Je m'habille et on y va.

— Je t'en prie, plaida-t-elle pour la troisième fois depuis qu'ils avaient quitté l'hôtel. Ne me fais pas languir…

En arrivant à Syracuse, c'était comme s'ils s'étaient laissés avaler par un tourbillon saturé d'électricité. Le seul moment où ils avaient cessé de se faire la guerre… C'était leur étreinte folle et ardente, ce matin. Puis elle avait commis l'erreur de lui jeter la vérité au visage, et même si Dante n'avait pas réussi à éclairer la naissance de Roberto, elle était troublée par sa réaction. Il n'avait guère eu l'attitude d'un homme réalisant soudain qu'une femme lui avait donné un fils aujourd'hui âgé de dix ans !

Toute la journée, en suivant un guide pour un circuit complet au cœur de l'antique cité, elle avait tenté d'y voir clair. En vain. Et elle s'était promis de se montrer plus patiente, moins prompte à le juger.

Toutefois, une autre personne était en jeu. Il y avait si longtemps qu'elle craignait le pire, que Béatrice ait eu un accident fatal et que…

— S'il te plaît ! Dis-moi au moins si l'abbesse t'a donné un indice à propos de ma sœur.

Ils parvenaient sur la belle place où trônait Diane, sur sa fontaine. Là où était situé le restaurant.

— Hélas non, dit-il avec une tristesse qui lui parut sincère.

Plongeant son regard dans le sien, il enchaîna :

— Je n'ai rien de nouveau, Alicia. Sur ce dossier, je n'ai pas progressé d'un millimètre. Mais primo, mon détective va poursuivre ses recherches et par ailleurs, l'abbesse a abordé certains sujets dont j'aimerais discuter avec toi plus tard, seul à seul… Qu'est-ce qu'il y a ? Tu trembles ?

Timidement, elle hocha la tête.

— Je n'ai jamais participé à un dîner de famille, avoua-t-elle.

Il lui prit le bras avec galanterie et franchit avec elle le grand hall, pour gagner le premier étage de l'établissement avec vue plongeante sur la *piazza Archimede*.

— Nous sommes les premiers ? s'étonna-t-elle, comme le garçon les plaçait à la table de six.

— Oui. J'avais envie de trinquer au calme, avec toi, avant leur arrivée.

— Ah ? Pourquoi ?

Dante leva les yeux au ciel, comme si elle faisait exprès de ne pas comprendre.

— Parce que mon tête-à-tête avec toi, *bella*, sera le moment de la soirée le plus délectable pour moi, et qu'il va me donner des forces pour affronter la suite.

C'était l'un des plus beaux compliments qu'elle ait reçus de sa part, et elle sut le savourer. Pour la première fois depuis leur arrivée, ils dégustèrent un cocktail et trinquèrent en silence, échangeant quelques sourires complices, sans éprouver le besoin de relancer la conversation. De telle sorte que lorsque Alicia vit apparaître Vincenzo Ricci, elle domina très bien son appréhension.

— Quel plaisir de vous rencontrer, Alicia ! s'exclama-t-il d'une voix de velours avant de lui prodiguer un baisemain inattendu.

Dante n'avait pas exagéré. La physionomie entière de ce très séduisant sexagénaire encore svelte, à la peau hâlée et à l'épaisse chevelure poivre et sel dégageait un charme fou. Très élégant dans un costume trois-pièces, il portait une cravate à épingle et possédait le même regard magnétique que Dante, sous un front légèrement bombé.

— Nous sommes navrés de ce retard, indiqua son épouse avec un sourire d'excuse.

Alicia éprouva aussitôt de la compassion pour la belle-mère de Dante, qui courait à l'évidence après sa jeunesse perdue : mince et bronzée, élégamment vêtue d'un tailleur vert amande, elle plâtrait de maquillage sa peau malmenée par l'excès de chirurgie esthétique.

— Vous êtes sicilienne, d'après ce que m'a dit Dante ? interrogea Vincenzo après une première tournée de vodka au Limoncello.

— En effet.

— Et pourtant, vous vous êtes rencontrés à Milan ?

— Oh ! oui, j'y suis installée depuis près de dix ans, acquiesça-t-elle.

— J'essaie de la convaincre de revenir ici, ajouta Dante en posant une main possessive sur son genou.

Lorsque son demi-frère et son épouse arrivèrent, tous échangèrent de cordiales salutations, et le serveur revint.

— Je n'ai pas très faim, chuchota-t-elle très bas, à l'oreille de Dante. Tu ne m'en voudras pas si je me contente d'une assiette de spaghettis *pomodoro* ?

Il lui sourit avec bienveillance.

— Tu choisiras ce que tu voudras. Mais écoute le serveur : ici, la cuisine est une œuvre d'art.

Alicia haussa les sourcils. Au lieu de leur tendre le menu, le jeune homme en redingote leur récita la carte entière :

— … Et les spécialités végétariennes du chef, ce soir : primo piatto, *pasta con ricotta e pistacchi*, suivi des *polpettine di pani, salsa marinara.*

— Oh ! Comme c'est tentant ! Je vais faire honneur au chef, annonça-t-elle, comme les autres faisaient leur choix.

— Ce restaurant est remarquable, observa Vincenzo un moment après, comme ils dégustaient leur entrée. Mais je regrette de ne pas découvrir le tien, Dante.

— Nous ne sommes vraiment pas à plaindre, dit Matteo. Cet établissement bénéficie de la meilleure réputation, et je trouve cette cuisine exceptionnelle…

— Matteo, tais-toi, intervint sa mère. Ton père parle affaires.

— Le moment est mal choisi, répliqua le demi-frère de Dante, pour la satisfaction d'Alicia.

— Tu n'as pas tort, concéda Vincenzo en reportant son attention sur elle : Où avez-vous grandi, Alicia ?

— Au sud, dit-elle évasivement.

— À Trebordi, lâcha Dante en fixant son père droit les yeux.

— Mais… C'est bien l'île où Dante est né ? s'étonna Giustina.

— Oui. Nous venons du même village, précisa Dante.

— Vous avez fréquenté la même école ? interrogea Rosa.

— Non. Alicia suivait les cours donnés à l'école privée du couvent.

— Oh… Et votre famille est toujours installée là-bas, Alicia ? enchaîna Rosa.

— Je… J'ai été élevée par les religieuses, balbutia-t-elle. Je ne connais pas mes parents : bébé, j'ai été déposée à la porte du couvent.

— Oh ! mon Dieu ! s'exclama Giustina, visiblement épouvantée. Et vous n'avez aucune idée de l'identité de vos géniteurs ?

— Bien sûr que si, annonça Dante d'un ton malicieux. En fait, nous ne devrions pas être ensemble, Alicia et moi, car nous venons d'apprendre que nous sommes frère et sœur.

— Dante ! protesta-t-elle en riant. Ne l'écoutez pas, il adore ce genre de plaisanteries. Je sais qui sont mes parents biologiques, oui, mais ils ne tiennent pas à me rencontrer : ils étaient très jeunes quand ils m'ont eue, c'était avant de se marier, et…

— Comment cela ? Ils ne vous ont pas reprises chez eux après leur mariage ?

— Giustina ! intervint Dante.

— Excusez-moi… Mais au fait, si vous avez grandi dans le même village, vous avez dû connaître la mère de Dante ? poursuivit-elle.

Un long silence pesa soudain sur la tablée, et Alicia vit Matteo et son épouse échanger un coup d'œil inquiet.

— Un peu, admit-elle en souriant. Elle était d'une rare beauté. Et attentionnée, aussi.

— Et elle *travaillait* ? reprit Giustina en faisant peser ce dernier mot de tout son poids.

— Ma foi, répondit-elle ingénument, je ne l'ai pas connue dans ce contexte, mais elle avait une ruche et ses abeilles faisaient un miel de fleurs très apprécié dans la région.

Un nouveau silence passa parmi les six convives, et Alicia sentit la main de Dante chercher la sienne sous la table. Giustina revint cependant à la charge :

— Mais alors, comment vous êtes-vous retrouvés, tous les deux, après toutes ces années ? C'est vous, Alicia, qui avez contacté Dante en apprenant que ses affaires prospéraient ?

— Absolument, dit Dante. Et heureusement qu'elle l'a fait, car je la cherchais partout depuis dix ans. Enfants, nous étions très amis. Nous n'aurions jamais dû être séparés. D'ailleurs, dans notre village, même quand nous n'étions pas ensemble, les gens croyaient nous voir ici ou là, main dans la main…

— Et je crois que sa mère se doutait de quelque chose, renchérit-elle en ouvrant son sac pour en sortir son miroir. Regardez : c'est le cadeau qu'elle m'a fait pour mes dix-huit ans. J'y tiens tant qu'il ne m'a jamais quittée.

Dante parut estomaqué lorsqu'elle brandit l'objet, et il profita du retour du serveur pour souffler à son oreille :

— Un tout petit moins de cinéma, quand même…

La mise en scène avait du mérite, songea-t-elle lorsqu'ils reprirent le chemin du fort, après avoir pris congé de la famille de Dante. Car la version qu'ils avaient donnée de leur histoire, de leur enfance et de leurs retrouvailles n'était pas loin de la vérité.

— Ta belle-mère n'a pas pardonné ta naissance à ton père, observa-t-elle.

— Tu as remarqué, toi aussi ? railla-t-il.

— Ils ne forment pas un couple très solide, du moins vu de l'extérieur… Tu crois qu'ils vont se séparer ?

— Possible, acquiesça-t-il. Mais je n'ai pas envie de parler d'eux après les avoir supportés toute la soirée.

— Je peux dire quelque chose, quand même ? insista-t-il.

— Je t'écoute.

— Je comprends que tu aies envie de t'éloigner d'eux. De poursuivre ta carrière en toute indépendance, sans les avoir sur le dos.

— Merci, répondit-il.

Ils accomplirent le reste du trajet en silence et, une fois parvenus dans l'appartement de Dante, dégustèrent un cognac sur la terrasse, admirant les lumières de la ville.

— La mère supérieure m'a présenté ses excuses, annonça-t-il soudain.

L'un à côté de l'autre, installés sur la banquette d'une balancelle, ils profitaient de la fraîcheur et de la beauté de la nuit.

— Elle ne fait jamais ça.

— Croix de bois, croix de fer : elle l'a dit, assura-t-il. Elle regrettait d'être partie du principe que Roberto était forcément mon fils.

— Je… Je ne comprends pas, dit-elle en toute franchise.

— Alicia…

Il serra sa main dans la sienne et l'attira plus près de lui pour enchaîner :

— Mon père a appris le décès de ma mère. Il est venu sur l'île. De loin, il a assisté aux obsèques. Et il est resté deux nuits… pour profiter de sa fugue en célibataire.

— Oh !

Sidérée, Alicia se couvrit la bouche des deux mains.

— Et me donner un autre demi-frère, reprit-il.

— Oh ! Dante…

— J'accepte tes excuses, coupa-t-il d'un ton sarcastique.

— Je suis désolée… Mais *comment* aurais-je pu deviner ?

geignit-elle. Oh ! mais j'aurais *dû* te faire confiance ! Pardonne-moi, je ne…

— Chut. N'y pense plus.

— Ne plus y penser ? Est-ce que tu imagines combien j'ai été jalouse ?

— Et furieuse, et blessée… Non, je n'imagine pas, reconnut-il. Embrasse-moi.

Plongeant les mains dans son épaisse chevelure, elle planta ses ongles dans sa nuque et s'empara de sa bouche sans hésiter. Avec lascivité, leurs langues s'enroulèrent, et elle se laissa griser par l'alcool de leurs haleines chaudes, ambrées, indiscernables l'une de l'autre.

Longuement, tels des adolescents, ils s'embrassèrent, jusqu'à en avoir le souffle court.

— À l'avenir, tu ne veux pas qu'on évite les intervalles de dix ans ? Nous pourrions devenir des amants réguliers, non ?

— Qu'est-ce que ça veut dire, des amants réguliers ? interrogea-t-elle.

— Eh bien… Quand je descends à Milan, ou quand tu as envie de passer un week-end ici ? suggéra-t-il.

— Et… Quand tu n'es pas à Milan ? Quand je ne peux pas venir ici ?

Dante se leva pour se resservir un verre – et aussi, elle s'en aperçut aussitôt, pour dissimuler son agacement.

Alicia était lasse de cette situation. Lasse d'être toujours celle qui attend. Celle qui espère. Et, pour finir, celle qui se berce d'illusions. Elle quittait ce rôle stupide : elle tournait cette page.

— J'étais juste en train de te proposer de ne rien interrompre, et de ne rien précipiter non plus ! Je ne comprends pas que…

— Non, tu ne comprends pas, coupa-t-elle calmement. Et ma réponse est non.

À son tour, elle se leva et, à son étonnement, il changea de sujet.

— Je compte avoir une discussion demain avec le détective recruté par Gino, annonça-t-il. Tu m'accompagneras ?

— Non, Dante. S'il avait dû trouver quelque chose, ce serait fait.

Elle ne pouvait plus rester ici, pensa-t-elle. Il fallait qu'elle rentre chez elle. Dans un quartier aussi touristique qu'Ortygie, elle n'aurait pas de mal à trouver un taxi. S'il n'y avait plus d'autocars en partance pour Palerme ce soir… Eh bien elle dormirait à la gare ferroviaire en attendant le premier.

— Pas si sûr, dit Dante d'une voix absente en allumant sa tablette. Je vais relire attentivement son compte rendu pour qu'on en reparle, toi et moi, avant de faire le point avec lui.

— Très bien. Je vais me coucher.

— N'hésite pas à actionner la sonnette rose ! ajouta-t-il sans même se retourner.

Le système d'appel mutuel… Un jeu érotique séduisant. Elle en avait eu follement envie. Plusieurs fois. Dommage pour elle. Dante s'en servirait avec une autre.

Consacrer toute son attention au compte rendu du détective ne fut guère aisé, car depuis l'instant où Dante avait proposé à Alicia de poursuivre leur liaison, le déclic s'était fait dans son cerveau.

Non.

Le déclic avait eu lieu avant. Ce soir, lorsqu'ils avaient raconté leur enfance à sa famille ? Lorsqu'il avait enfin compris que cette amitié puissante entre un sauvageon et une orpheline portait la marque du destin ? Depuis toujours, ils étaient faits l'un pour l'autre. S'il n'avait pas été si stupide, si aveugle, il aurait emmené Alicia à Rome, le soir de leurs premiers baisers, de leur première étreinte, de leur première découverte d'un plaisir si pur que…

Toutes les premières fois, en tout cas les plus intenses, les plus merveilleuses, Alicia était là.

Le déclic avait plutôt eu lieu ce matin, lors de son entretien avec la religieuse, qui lui révélait le dévouement infini d'une jeune fille au cœur brisé pour un bébé qui n'était pas le leur. Ou quelques heures auparavant, comme il éprouvait dans ses bras quelque chose qui dépassait largement la jouissance physique…

Bon sang, peu importait à quel instant le déclic s'était fait ! Désormais, il savait qu'il ne pourrait plus se passer ni de sa meilleure amie ni de son incomparable amante. Or, il venait de lui suggérer une espèce de relation intermittente et indéfinie qui offensait leurs sentiments, à l'un comme à l'autre.

Il l'avait blessée. Encore une fois.

— Alicia ! cria-t-il en posant sa tablette et en quittant la terrasse, gagné par une sourde angoisse.

Comme il n'obtenait pas de réponse, il traversa l'appartement et frappa à la porte de la chambre rose.

— Alicia… Ouvre-moi, s'il te plaît. J'ai, euh… J'ai quelque chose de très important à te dire.

Silence.

Inquiet, il entra et, pétrifié, sentit sa pire terreur tout près de se réaliser. Le lit était fait, et la belle robe gris-argenté était étendue dessus. Alicia n'était pas dans la salle de bains, et il repéra une valise dans un coin de la pièce. *Une seule.* Elle en avait deux, n'est-ce pas ? Paniqué, il fit le tour de la suite et se rendit à l'évidence. Les affaires de toilette avaient disparu et la jeune femme avait soigneusement rangé dans le second bagage les vêtements qu'il lui avait offerts…

Tel un fauve, il bondit sur le téléphone et appela le concierge, à la réception.

— Quand ? A-t-elle appelé un taxi ? Vous en êtes certain ? Merci.

Il eut la présence d'esprit d'aller chercher une boîte. Puis, il dévala quatre à quatre les marches de l'escalier principal, jaillit à travers le hall de l'hôtel et courut à en perdre haleine vers le seul endroit où il lui restait une chance de la trouver, si elle ne s'était pas envolée vers Milan.

La fontaine de Diane.

Son cœur allait exploser, mais un soulagement inouï irrigua ses veines lorsqu'il l'aperçut. Dans la tiédeur nocturne, assise sur un banc face à la déesse, elle avait posé sa valise à ses pieds. Jamais elle ne lui avait paru plus vulnérable que ce soir, coupée de la foule de touristes joyeux, plongée dans ses pensées. Il n'aurait su dire pourquoi, mais sa robe noire à petites fleurs roses le bouleversa.

Lentement, avec douceur, il fit le tour de la place pour s'asseoir à l'autre extrémité du banc, posant sa boîte près de lui.

— Je t'en prie, ne pars pas, plaida-t-il.

— Pourquoi ? opposa-t-elle sèchement. Tu as besoin de moi pour parler de Roberto à ton père demain ?

— Non. Je ne lui dirai rien. En tout cas, pas avant de m'être assuré que Roberto ne sera jamais importuné par les Ricci…

— Tant mieux, dit-elle d'un ton neutre.

— En fait, je compte dire à mon père que je ne travaillerai plus avec lui, mais que je ne souhaite pas couper les ponts non plus. Vincenzo n'est pas un monstre. Juste un homme lâche, et en y réfléchissant, je me suis rendu compte qu'il est la première victime de sa propre lâcheté.

Alicia refusait de le regarder. Elle gardait les yeux rivés sur la sculpture.

— Moi aussi, j'ai réfléchi, lâcha-t-elle. Toutes ces années, toutes les lettres que je lui ai envoyées… Si Béatrice avait eu envie de me parler ou de me voir, il lui aurait été très facile de me retrouver. Je n'avais pas bougé. Elle n'en a pas eu envie, point final.

— Tu n'en sais rien. La mère supérieure sait quelque chose qu'elle a refusé de me dire, elle s'est fermée comme une huître, mais avec un peu de persévérance…

— Bien sûr qu'elle sait ! s'exclama-t-elle avec amertume. Mais si elle est en vie, c'est une adulte responsable qui a mené tranquillement son existence pendant que je gaspillais toute mon énergie à lui courir après.

Elle observa un bref silence avant d'ajouter :

— Je suis contente que tu aies trouvé un compromis : ta liberté professionnelle sans rupture définitive avec les tiens. Alors merci pour ce week-end, Dante, et au revoir.

— Je ne veux pas que tu t'en ailles, Alicia… Pourquoi as-tu laissé toutes tes affaires ? Celles que je t'ai offertes ?

— Pas toutes, rectifia-t-elle en désignant ses boucles d'oreilles.

— Elles te vont bien, murmura-t-il. Et j'ai certainement mérité ton départ. Ton ressentiment. Je comprends que tu m'en veuilles. J'aurais dû t'emmener sur ce satané ferry, le soir où j'ai quitté Trebordi…

— Qu'est-ce qui te prend ? s'enquit-elle en le considérant avec une attention soudaine. Pourquoi me dis-tu ces choses-là maintenant ?

— Parce que…

Il avait la gorge nouée. Une boule au ventre.

— Parce que je ne sais pas quels mots employer pour te supplier de rester. Avec moi. Ici ou à Milan, où tu voudras. Je n'ai pas voulu que tu comptes à ce point dans ma vie, je me suis menti à moi-même et…

— Et tu n'as jamais pu supporter le « cinéma » ? suggéra-t-elle froidement.

— Alicia, pardonne-moi d'avoir dit cela. J'étais stupéfait. Le miroir que tu venais de montrer à table, c'était *mon* cadeau pour tes dix-huit ans, et…

— Ce n'est pas vrai. C'est ta mère qui me l'a offert.

— Non. Je le lui ai envoyé pour qu'elle te le remette, parce que j'avais peur que les nonnes le confisquent si je te l'expédiais directement.

— Je… Je ne te crois pas.

— J'avais choisi *La Scapigliata* de Léonard de Vinci, parce que c'était toi que je voyais dans ce dessin. Et l'inscription ? Tu te doutes bien que ma mère n'aurait pas choisi ce message ? Montre-moi le miroir, s'il te plaît.

Muette, elle ouvrit son sac et lui tendit le petit objet.

— Il n'est pas effacé, dit-il en lui montrant la citation. *L'arte non è mai finite, hema solo abbandonata.*

Ce qui signifiait, pour le grand maître italien, qu'une œuvre d'art n'était jamais achevée, seulement abandonnée.

— Mais… Je ne saisis pas le rapport avec moi.

— Alicia…

Il rassembla son courage pour lui avouer :

— À mes yeux, notre relation était un chef-d'œuvre inachevé. Il manquait quelque chose à notre amitié… Parce que c'était beaucoup plus qu'une amitié.

— Tu voulais qu'on couche ensemble ? interrogea-t-elle en levant vers lui un regard incrédule.

— Arrête de te mentir, toi aussi. Je vivais à Rome. Tu revenais sans cesse dans mes pensées. Je n'avais jamais fait l'amour : les hommes que je voyais entrer chez nous quand j'étais petit m'avaient écœuré du sexe. Comment aurais-je imaginé que ma mère allait mourir, que j'allais te retrouver quelques jours après avoir expédié le miroir ?

— Qu'est-ce que tu es en train de me dire, Dante ?

— Que j'éprouve la même chose que toi, Alicia. Que tu m'inspires des sentiments qui…

— Je n'ai pas de sentiments pour toi.

— Menteuse ! Qu'est-ce que tu fais ici, alors ? En pleine nuit, devant cette fontaine ? Tu m'attendais, avoue-le ! Je ne m'en plains pas, bien au contraire : tu ne peux pas savoir à quel point je suis heureux de t'avoir retrouvée ici.

Longuement, elle le fixa sans répondre. Enfin, elle interrogea :

— Avant de revenir à Trebordi pour les funérailles, tu n'avais *jamais* fait l'amour ?

— Jamais, confirma-t-il. Et ça me rend malade que tu aies écouté toutes ces rumeurs imbéciles. Moi, un *play-boy* ? Alors que les choix de ma mère et les scènes auxquelles je n'aurais jamais dû assister, petit garçon, m'ont traumatisé ? Ma libido a été un boulet et un tourment jusqu'à notre après-midi dans la rivière… C'est toi qui m'as rendu cette liberté. Alors tu vois, il n'y avait aucune, mais vraiment *aucune* chance pour que je sois le père de ce bébé !

Visiblement sidérée, elle restait bouche bée.

— Car je te le confirme officiellement, si besoin est : tu as été *la seule* ce jour-là, précisa-t-il d'un ton moqueur.

— Oh ! Dante… Dire que toutes ces années, je t'ai cru coupable de… Oh ! pardonne-moi.

— C'est inutile, mais j'ai une faveur à te demander, Alicia, dit-il en posant la boîte sur ses genoux. Tu veux bien l'ouvrir ?

Sans mot dire, elle ôta le couvercle et découvrit ce à quoi il tenait le plus en ce bas monde. Une pivoine et une fleur de chrysanthème séchées. L'une de la part d'Alicia, l'autre de la sienne.

— Ce sont des fleurs qui viennent de la tombe de ta mère ?

— Oui. Tu sais, j'ai fait la paix avec elle. Ce que m'a dit l'abbesse ce matin m'incite encore davantage à la respecter. Mais j'avoue que ce n'est pas à elle que je pense quand je regarde ces fleurs. C'est à toi. À ton cœur si généreux vis-à-vis d'elle et de moi. À ce qui nous a unis quand nous étions petits.

D'une main tremblante, Alicia attrapa le bijou au fond de la boîte.

— Ma boucle d'oreille ! Tu l'as retrouvée !

— En fait, c'est plutôt elle qui a refusé de me quitter. Elle est restée plantée dans mon gilet durant tout le trajet de retour, et elle est tombée dans ma paume alors que j'arrivais à Rome.

Une larme roulait sur la joue d'Alicia.

— Tu as conservé l'autre ? s'enquit-il.

— Oui, bien sûr.

— Alors, viens, rentrons. Je veux te voir t'endormir avec. À côté de moi, dans la chambre de ton choix.

— Mais Dante, voyons…

— Je ne te laisserai pas partir, Alicia, asséna-t-il avec fermeté. Il n'arrive que des catastrophes quand nous sommes séparés l'un de l'autre. On ne se quittera plus.

Encore secoué par la terreur de la perdre, il l'attira contre lui et l'embrassa comme il l'avait *toujours* embrassée : amoureusement.

— Je t'aimerai toujours, promit-il en s'écartant à regret de sa bouche exquise pour plonger son regard dans le sien. Et je sais qu'il nous arrivera d'être comme chien et chat, mais je te prouverai combien je t'aime en t'aidant à retrouver Béatrice. Je suis certain qu'elle t'adore, qu'elle ne t'a pas oubliée et qu'il y a une explication rationnelle à cette histoire.

Comme elle allait protester, il posa un doigt sur sa bouche et enchaîna :

— Tu sais comment je le sais ?

— Non. Comment ?

— Parce que je t'aime et qu'il est impossible de cesser de t'aimer, Alicia. C'est pour cette raison que tu seras ma femme.

— Dante ! protesta-t-elle en riant. Tu dois me le demander, voyons ! En bonne et due forme !

S'abstenant de protester, Dante lâcha un long soupir, lui reprit la créole en or, s'agenouilla sur le bitume, devant le banc, et récita la formule consacrée :

— Alicia, accepterais-tu de m'épouser ?

Il allait lui glisser la boucle à l'annulaire quand elle répondit :

— À une condition.

— Tout ce que tu voudras.

— Que ceci aille dans ta boîte, dit-elle en y déposant un billet.

Un billet de ferry pour gagner l'Italie depuis Palerme.

— Je venais de l'acheter, expliqua-t-elle. Le car pour Palerme part dans deux heures.

— Tu étais prête à me quitter. À prendre ce ferry… et tu ne l'as pas fait, murmura-t-il, éperdu de gratitude.

— Non, confirma-t-elle en enroulant ses bras autour de son cou. Et je tiens à ce que nous ne l'oubliions pas : un billet de bateau peut nous faire beaucoup de mal.

— Je te le promets, dit-il en la serrant contre lui comme

un fou. Et maintenant, viens. Nous avons dix ans à rattraper avant le mariage. Tu as été la première, et je te jure que tu seras la dernière…

— Et toi, tu es le seul et unique.

Épilogue

Alicia était tombée amoureuse de Dante alors qu'il se trouvait devant cette même église. Les circonstances étaient alors bien différentes et elle s'efforça de ne céder ni à l'émotion ni au trac.

Dans le vestibule de la chapelle, la mère supérieure attendait avec elle, ainsi que le nouveau prêtre de la paroisse.

Une foule impressionnante envahissait le village et la rue était remplie de voitures garées à peu près n'importe comment, car la rumeur avait couru, fulgurante : Dante et Alicia étaient de retour à Trebordi pour leurs noces !

Portant un simple bouquet de fleurs de frangipanier, Alicia avait honoré la coutume locale en associant la couleur, le vert, au blanc de sa robe en mousseline de soie.

— Tu es nerveuse ? s'enquit l'abbesse.

— Pas vraiment. Plutôt impatiente, je crois…

Oui, follement impatiente de commencer sa nouvelle vie avec lui !

En jetant un coup d'œil dans l'église, elle put vérifier que les Ricci étaient là, ainsi que le témoin de Dante, Gino.

Dès que la musique retentit, elle fit le tour de l'édifice avec la mère supérieure pour se mettre en place, et remonta lentement la travée centrale. Sous la lumière filtrée par le vitrail rouge, devant l'autel, Dante l'attendait, superbe dans son costume à lavallière.

— Tu es si belle ! souffla-t-il, visiblement ému lorsqu'elle le rejoignit.

Avant qu'elle ne confie son bouquet de fleurs à la religieuse, il en prit une et la piqua à sa boutonnière.

— Fleur de Sicile, dit-il d'un ton complice.

— Oui.

Toutes les fleurs, qui embaumaient l'église de leurs parfums de citron et de verveine, seraient portées plus tard sur la tombe de la *Signora* Schinina, mais Alicia savait que celle de Dante irait dans sa boîte.

La cérémonie commença, et ils prononcèrent leurs vœux, avant de promettre de s'aimer dans la joie ou le chagrin, la santé ou la maladie, la richesse ou la pauvreté.

Dante s'engagea solennellement à la chérir, l'aimer et l'honorer chaque jour de sa vie :

— *E di amarti e onorarti tutti i giorni della mia vita*, dit-il en arrimant son regard empli de gravité au sien.

C'était son tour, et elle fut saisie d'un remords. Profitant de ce que le prêtre préparait les anneaux, elle avoua très vite :

— Dante, je ne sais pas lire.

— Ne t'inquiète pas. Le curé peut te souffler tout ce que tu as à dire.

— Oui, je sais, mais... Je ne voulais plus te le cacher plus longtemps. Plus de secrets.

— Après tout le mal que je t'ai donné, tu as bien droit à quelques petits secrets, répondit-il. Et je crois que ce texte-là, tu le connais par cœur...

— Oui ! admit-elle en riant.

— Alors, jure-moi de m'aimer toujours !

D'une voix aussi claire que le cristal, elle prononça son serment.

Car il n'y avait rien de plus facile que de dire la vérité : Alicia aimait Dante. Non, il n'y aurait plus de secrets.

Vous avez aimé *Le Sicilien de son cœur* ?
Découvrez la suite de votre série
« Les beautés de Sicile »
dès le mois prochain dans votre collection Azur !

Le cheikh aux deux secrets, de Marcella Bell - N°4565

Que dire à un prince qui vous demande en mariage dès la première rencontre ? Rita a beau être une talentueuse ingénieure, elle n'en a aucune idée. Pourtant, parce qu'il s'agira, entre Jahangir et elle, d'une union de convenance lui garantissant une fabuleuse opportunité professionnelle, elle accepte de le suivre dans son royaume du désert. Et bientôt, dans ce cadre enchanteur, elle découvre entre les bras de Jag la passion – et ses conséquences…

Un bébé royal, de Jadesola James - N°4566

Kemi est une princesse, la fille gâtée de l'Oba de Gbale. Mais cette vie privilégiée a un coût : celui de sa liberté… Alors qu'elle échappe un soir à la vigilance de ses gardes du corps, elle rencontre un homme envoûtant. D'un seul regard, Luke Ibru la séduit. Un baiser brûlant, et il la conduit à partager avec lui une nuit de passion. Une nuit qui se solde par une conséquence royale : bientôt, Kemi se découvre enceinte de son mystérieux amant…

L'enfant d'un ténébreux milliardaire, de Heidi Rice - N°4567

Jack Wolfe incarne tout ce que Katherine déteste : arrogant et impitoyable, le ténébreux milliardaire n'hésite pas à user de son pouvoir. Hélas, bouleversée par les émotions et le désir qu'il fait naître en elle, Katherine succombe à cet homme au lieu de le fuir. Pire encore, sitôt qu'elle révèle à Jack qu'un enfant naîtra bientôt de leur nuit passionnée, celui-ci lui propose un mariage de convenance…

Le retour de Valentin Silvera, de Jackie Ashenden - N°4568

Voilà quinze ans que tout le monde me croit mort. Si j'ai disparu pour échapper à la tyrannie familiale, je suis prêt aujourd'hui à revendiquer mon nom, Valentin Silvera, et l'héritage qui m'est dû. Parmi ce qui m'a été arraché, mon bien le plus précieux n'est autre que la délicate Olivia Wintergreen, mon amour de jeunesse et l'actuelle fiancée de mon détestable frère jumeau. Or j'en fais le serment : cette femme que je n'ai jamais oubliée sera bientôt mon épouse…

La comtesse de Venise, de Kate Hardy - N°4569

Bien qu'elle soit une comtesse vénitienne, Serafina Ardizzone est ruinée. Comment dès lors empêcher le *palazzo* dont elle est l'héritière de tomber en ruine ? Résolue à sauver ce joyau familial, elle demande au célèbre architecte Gianni Leto de le restaurer. Pour le convaincre de prendre en main ce projet d'envergure, elle n'hésite pas à l'inviter à passer chez elle une semaine. Sept jours et sept nuits inoubliables en Italie…

Le prince de la Saint-Valentin, de Cara Colter - N°4570

Erin n'a qu'une envie : se réfugier seule au *Snow Daze*, le chalet montagnard où elle a vécu tant de moments heureux. Là, elle l'espère, elle pourra se remettre de l'abandon de son fiancé. Mais une tempête de neige fait rage dehors, et la voilà contrainte d'offrir l'hospitalité à un skieur imprudent. Un homme d'une beauté renversante avec lequel elle passe la nuit… Quelle n'est pas sa stupeur de découvrir le lendemain que son amant, Valentino de Oscaro, est un prince !

La belle et le millionnaire, de Rachael Stewart - N°4571

Tandis qu'elle débarque sur la plus belle des îles grecques, Catherine retient son souffle. La crique nichée au pied d'une falaise blanche tranche avec le bleu de la mer… et c'est là, dans ce cadre enchanteur, qu'elle va passer un mois ! Quel meilleur endroit pour oublier la pression qu'elle subit à Hollywood ? Seule ombre au tableau : le propriétaire des lieux, Alaric de Vere, loin d'être impressionné par ses allures de star, la considère plutôt comme une intruse…

Libre d'aimer, de Pippa Roscoe - N°4572

SÉRIE : *LE ROYAUME DE SVARDIA* - 2/3

La princesse Marit a toujours été la rebelle de la famille, et elle apprend avec désespoir qu'elle doit maintenant jouer un rôle de premier plan au palais de Svardia. Dans une ultime révolte, elle s'enfuit à Paris. Hélas, Lykos Livas, envoyé par le roi lui-même, l'y retrouve sans tarder ! Avant de la ramener dans le droit chemin, cet homme mystérieux accepte toutefois de l'escorter pendant quelques jours pour une escapade en Europe. Une folle parenthèse où se mêleront bientôt liberté et passion…

Le baiser d'un play-boy,
de Carol Marinelli - N°4573

SÉRIE : *LES BEAUTÉS DE SICILE* - 2/2

En raison de son douloureux passé d'orpheline, Béatrice a érigé une muraille autour de son cœur. Pas question pour elle de souffrir à nouveau : sa vie est désormais centrée sur son travail de conseillère spéciale de Son Altesse Royale Julius de Bellanisia. Une tâche loin d'être facile ! Chargée de redorer l'image du prince avant que celui-ci devienne roi, la voilà contrainte de côtoyer ce play-boy invétéré jour et nuit, tout en résistant au charme qu'il exerce sur elle…

L'honneur d'un Australien, de Kelly Hunter - N°4574

Sept ans plus tôt, Judah Blake s'est accusé d'un crime qu'il n'avait pas commis pour innocenter la douce Bridie. Aujourd'hui qu'il est de retour chez lui, dans l'Outback australien, il est bien décidé à retrouver sa vie – ou ce qu'il en reste. Peu importe qu'il ait été pendant un temps considéré comme un paria, ses milliards ont suffi à redorer son image. Et c'est fort de cette aura de puissance qu'il compte revendiquer ce qui lui revient de droit : ses terres, dont il a été injustement spolié par la femme qui a ruiné sa vie…

L'ivresse d'une nuit, de Kate Hewitt - N°4575

Abigail est stupéfaite. Devant elle se tient l'homme dans les bras duquel elle s'est abandonnée, six mois plus tôt, alors qu'elle se trouvait à Paris pour une série de concerts. Un homme qui l'a quittée au petit matin, sans même avoir la courtoisie de lui donner son nom. Malgré l'émotion qu'elle ressent en revoyant son amant d'une nuit, Abigail se jure aussitôt de résister, cette fois, à son charme ensorcelant. Pas question de le laisser la blesser de nouveau. Mais bientôt un doute s'impose à elle : et si cette deuxième rencontre n'était pas seulement le fruit du hasard ?